# テレビじゃん！

JN091951

小路幸也

角川文庫
23044

目次

オープニング 7
〈スパイハンター〉殺人未遂事件 15
〈フラワーツインズ〉の哀歌 75
ハードボイルドよ永遠に 131
禁じられない逃避行 207
去りゆく友に花束を 257

# ボーヤ（付き人）のチャコと、「ザ・トレインズ」をめぐる人々

**チャコ**
葛西チャコ
本名：葛西靖之

この物語の主人公。「ザ・トレインズ」のボーヤ。人気番組「土曜だ！　バンバンバン！」の雑用係として走り回るうちに、さまざまな事件に遭遇し、探偵役をつとめる。

**カンスケさん**
伴　勘助
本名：播随院勘之助

「ザ・トレインズ」のリーダー。真摯なミュージシャンであると同時に心の底からのエンターテイナー。芸に厳しくケチだが基本、人情の人。聞くと元気が出るだみ声の持ち主。

**銀さん**
斎藤　銀
本名：斎藤銀治

カンスケさんの同級生で「ザ・トレインズ」の古株。昔気質のミュージシャンで無類の読書家。

**ナベちゃん**
鍋　シュウ
本名：鍋田修一

ギャグも運動神経もピカイチ。「ザ・トレインズ」のメインを張る人気者。意外と純情な面も？

**たいそうさん**
児島たいそう
本名：児島康一

「ザ・トレインズ」のメンバー。複雑な家庭環境で育った苦労人。

**ピーさん**
大木ピー
本名：大木　稔
「ザ・トレインズ」のメンバー。
相撲取り体型の三枚目キャラ。
ギターの腕は超一流。

**マッケンさん**
大松健吾
大角テレビのプロデューサー。
「ザ・トレインズ」のスター性を見抜き、
テレビの世界に引き込んだ。
無神経でいい加減な言動が目立つが、
腕は確かなとびきりの仕事人。

**理香さん**
「ザ・トレインズ」の敏腕マネージャーにして
所属事務所の社長令嬢。

**石垣　剛**
人気ドラマ『スパイハンター』の主役で
人気絶頂のアクションスター。
生放送中に謎の殺人未遂（？）事件に
巻き込まれる。

**フラワーツインズ**
沙緒梨と香緒梨の
ベテラン双子姉妹デュオ。
最近、姉の沙緒梨に怪しい噂が……。

**上原麻里**
歌もコントもこなす大人気アイドル。
ナベちゃんと恋に落ちるけれど⁉

**堺谷さん**
タクシーの運転手だったが
ある事件をきっかけに
「ザ・トレインズ」の
専属ドライバーとなる。
喋り方がちょっとおかしいが
頼りがい抜群。

# オープニング

昭和四十三年のお正月に弟子入りを許してもらってからすぐに日記を書き出したんだけど、まてよこれはいつか誰かに読まれるんじゃないか、いや読んでもらった方が、いやいや読ませた方がいいんじゃないかって思い直して、そういう風に書いてみる事にしたんだ。

元々僕は文章を書くのも好きだった。高校時代に小説を文芸部の部誌に書いた事もあるぐらいだから、実際の出来事をきちんと書いていくのは全然何でもない。

そうだ、その内に〈ザ・トレインズ自伝〉なんてものを僕が出す事になるかもしれない。絶対に売れるぞそれは。いや待てよグループなんだから〈自伝〉じゃないのか。単純に〈ザ・トレインズ伝〉でいいのか。要するにそういうものを出す時にも、この日記が貴重な資料になるかもしれない。いや、なるんだ。いやそうするんだ。

でも、ひょっとしたらこれが本になって読まれるのは何十年後かもしれない。メンバーの誰かが死んじゃっているかもしれないし、そういうタイミングで本が出るかもしれない。

その時に今のテレビジョンは、テレビ業界はどんな風になっているだろう？

映画業界は？　音楽業界は？　日本という国は？

全然想像がつかない。

だってビートルズを初めて聴いた時なんか、本当に、本当に、魂がおったまげてぶっ飛ぶぐらいの衝撃だったんだ。それまで聴いた事もないぐらい凄《すご》いというか、物凄く新しい音楽だったんだ。

この世には、そんな事が起こるんだ。

世の中はどんどん新しくなって変わっていって、そういうものが出てくる。一年後に何がどんな風になっているかまったくわからない。だから、誰にでも理解できるように丁寧に書いていこう。

よし。

僕は〈ザ・トレインズ〉のボーヤだ。

名前は葛西靖之《かさいやすゆき》で四月生まれ。十九歳になった。

高校卒業したらすぐに〈ザ・トレインズ〉に弟子入りしたくて、リーダーのカンスケさんの家に押しかけて必死に頼んで何とか許してもらった。自宅は《ボンボン・サンデー》の収録が終わったカンスケさんの後を尾《つ》けて調べたんだ。雑誌の記事でカンスケさんは浅草《あさくさ》生まれで今もその辺に住んでいるってのは知ってたから、後を尾けるのは簡単だった。

カンスケさんに付けてもらった芸名は〈葛西チャコ〉。

どうしてチャコなんて芸名になったかっていうと、それは久子《ひさこ》っていう僕の母さんの若い頃の呼び名で、偶然にもカンスケさんのお母さんも久子さんだったんだ。もちろん、小さい頃はチャコちゃんって呼ばれていた。カンスケさんの家で色々話していたらなんかそんな話になって、そういうのも縁だなって事になったんだ。

芸能界なんていう親不孝が当たり前みたいな業界に入っていくんだから、せめてもの親孝行にそうすりゃいいんじゃないか、って事で〈葛西チャコ〉になった。花菱《はなびし》アチャコさんというかつての花形漫才師だっているんだから、男でチャコもいいだろうって。

まだ一度も正式には、つまり表舞台で使った事ないけどメンバーの皆さんはチャコって呼んでくれて他の周りの人にもだんだんと浸透してきた。芸名なんてもちろん生まれて初めて持ったけど、こんな風に自分の身体にも心にも馴染《なじ》んでいくんだなって。

そうそう、〈ボーヤ〉っていうのはミュージシャンの付き人の事だ。

そうだ、まずははっきり書いておかなきゃならない。

〈ザ・トレインズ〉はミュージシャンだ。

トレインってもちろん列車の事だけれど、他にも〈行列〉とか〈繫《つな》がり〉なんて意味もあるんだ。元々は〈出演する店に行列ができるぐらいに凄いバンド〉っていう意味合いを込めて命名したらしいんだけど。

現実は厳しいよね。

ほとんどまったく人気は出なくて売れなくて、ハコで入っていた店でトレインズの演奏が始まるとトイレに行く客も多かった。なので『トレインズじゃなくてトイレ・インズじゃないか』って仲間内から馬鹿にされた事もよくあったって、カンスケさんは言っていた。

でも、そんな事もトレインズは〈ネタ〉にしたんだ。

そうなんだ。〈ザ・トレインズ〉はただのミュージシャン、ただのバンドじゃなかった。

グループの立ち上げからエンターテイナーだったんだ。

カンスケさんは、まだ戦前の小さい頃から、芸事の大好きな親父さんによく寄席や演芸場や映画に連れて行ってもらっていたそうだ。そこで見たものが全部カンスケさんの中に染み込んでいった。

舞台では、ステージでは、スクリーンでは、演者がお客さんを楽しませようと、笑ってもらおうと、良い気分になって帰ってもらおうと一生懸命に芸事をやっていた。実際に大笑いし、ときには面白くなかったりもしたけれど、でもステージと客席の一体感を感じる事はそれだけでも充分に楽しい時間だった。

〈お客さんを楽しませるって、なんて凄い事なんだろう〉

幼いカンスケさんは、いつもそう思っていた。

つまり、それがカンスケさん、トレインズのリーダーの伴勘助《ばんかんすけ》さんこと、播随院勘之《ばんずいいんかんの》助《すけ》さんの原点なんだ。

だから〈ザ・トレインズ〉はいつもお客さんを笑わせようとした。ミュージシャンとして演奏を、音楽を聴いてもらって良い気持ちになってもらうのはもちろんだけど、それ以上に〈ステージ〉を楽しんでもらうのが大好きだったんだ。

「今晩は、〈ザ・トレインズ〉です。トイレ・インズじゃないですからね。あ、でももしもトイレに行きたい方は今のうちにどうぞ。お帰りを待ってますからね」

一時期のトレインズの第一声はいつもそんな感じだったそうだ。

演奏を始めたら、それがグループ結成初期にやっていたハワイアンでも、ジャズでも、そしてロカビリーになっても、演奏に絡めステージでネタをかました。

ドラムのカウントが始まってロカビリーが始まるかと思ったらいきなりドラムが祭囃《ばや》子《し》の太鼓になって、メンバーは変な顔をしながらロカビリーを盆踊り風に演奏したりした。ピアノがわざとトチったらそこで皆《みんな》が一斉に演奏を止めてそのまま待って、それを二度三度と繰り返した。ギターとベースの三人が同じアクションをするところで一人だけ反対方向を向いたりした。

そんな風に、お客さんを楽しませるステージを繰り広げていたのに人気が出なかったのは、そういう音楽ネタに限界があったから。毎回違うネタを考えられるはずもないからね。

でも、それが爆発したのは米軍キャンプでの演奏だ。

とにかくジョークが大好きな米兵たちに〈ザ・トレインズ〉のステージは大受けだった。そして、それをたまたま知人の米兵のところに遊びに来て観ていたのがマッケンさん、大角《だいかく》テレビプロデューサーの大松健吾《だいまつけんご》さんだ。

マッケンさんはこう言った。

「さぁ、オレと一緒に一発カマそうぜ！」

そう言ってすぐに〈ザ・トレインズ〉をテレビの世界に引っ張り込んだ。テレビを観ている人に、音楽と笑いの上質のエンターテインメントを提供する番組《ボンボン・サンデー》の看板タレントにしたんだ。

そういう意味ではマッケンさんも凄い人だと思うよ。普段付き合うのは遠慮したいぐらいにがさつで大声で大酒飲みの面倒な人だけど、仕事となれば別だ。テレビ業界ではあの人の言う事を聞いていれば絶対に間違いないと思う。

さっき僕は〈弟子入り〉って書いたけれど、弟子とボーヤは厳密には違うものだ。この芸能の世界で弟子入りっていうとそれは落語家や漫才師の弟子になるって事で、つまりテレビの括《くく》りで言うと〈コメディアン〉だ。

今でこそ《ボンボン・サンデー》のおかげで〈ザ・トレインズ〉を音楽もできるコメディアンみたいに思っている人も多いけど、それは逆なんだ。カンスケさんも、ナベちゃんも、銀《ぎん》さんも、たいそうさんも、ピーさんも全員がミュージシャンだ。そして、将来は自分もそのままミュージシャンになる事を目指して、バンドの荷物を運んだりステージでセッティングを手伝ったりするのが、ボーヤだ。

僕も音楽はやってるけれど、《ボンボン・サンデー》で観たトレインズのコントが面白くて面白くて大好きで、自分もこんな風に音楽もできてコントもできるテレビの人気者になりたいって思った。

だから、弟子入りだけど、ボーヤなんだ。

カンスケさんは言った。

「俺ぁ、ミュージシャンだ。もちろんコントもやる。自分たちで考えてどうやったら皆に笑ってもらえるかを必死で考える。だけどよ、俺たちがやってるコントは人様に教えるような〈自分の芸〉じゃねぇんだ。メンバーもスタッフも皆で一緒に考えて組み立てているひとつの〈作品〉なんだよ」

だから、ボーヤになって、将来はメンバーの一員になって一緒に演奏をしろ。そして、一緒にコントを考えろ。そう言われた。

〈ザ・トレインズ〉のボーヤとして弟子入りした〈葛西チャコ〉。

それが、僕だ。

# 〈スパイハンター〉殺人未遂事件

昭和四十四年。西暦で言うと一九六九年の一月。

お正月過ぎに大角テレビのライバル局が始めたクイズ番組《クイズタイムショック》が凄《すご》い面白くて話題になっていた頃に、大角テレビプロデューサーのマッケンさんが〈ザ・トレインズ〉の皆《みんな》を銀座《ぎんざ》のお鮨《すし》屋さんに集めたんだ。もちろん、ボーヤの僕も一緒に。

「で、だ」

マッケンさんがお猪口《ちょこ》をくいっ、と空けてぎょろりと僕らを見回した。

「今年もよろしくって事で、改めてうちでやる新番組の件なんだけどな」

「おう。正式に決まったんだよな?」

カンスケさんもお猪口をくいっと空けた。こんな風にマッケンさんと対等に話せるのはリーダーのカンスケさんぐらいで、ナベちゃんもたいそうさんもピーさんも、どんな話が始まるのかって酒も飲まないでお鮨ばかり口に運んでいた。

あ、銀さんは別だ。銀さんはいつでもどんな時でもふてぶてしい態度でどっかと上座のポジションに座ってる。

「土曜日の八時だ」

マッケンさんが頷《うなず》きながら言った。

「土曜か。まぁ日曜から土曜に移るぐらいだからそれはいいよな」

「かえって視聴率上がるんじゃねぇのか？　明日は日曜だってんでさ」

銀さんが煙草を吹かしながら言った。

「いや、逆に視聴率下がるんじゃないですか？　土曜の夜なんて飲みに行きたいでしょ普通は」

くいっ、とお猪口じゃなくて、黒縁眼鏡を上げてたいそうさんが言ったら銀さんに睨《にら》まれた。

「馬鹿野郎。今度俺らが相手にすんのはガキんちょからって話だろうよ。だったら土曜の夜はピッタリじゃねぇか」

「あ、そうか。そうですね」

僕も頷いた。ある程度話は聞いていたんだ。トレインズがレギュラーでやっていた音楽バラエティ《ボンボン・サンデー》はそこそこ視聴率は取っていたけど、コントではなく音楽をメインにしていたから視聴率を伸ばすには人気歌手を出すしかなかった。

でも、マッケンさんは〈ザ・トレインズ〉のコントの才能を信じていたんだ。だから、コントをメインにしたかった。子供も大人も一緒になって楽しめる、本格的な、エンターテインメントなコメディ番組を作りたいって。そしてそういう新番組を作れるチャンスが巡ってきたので、〈ザ・トレインズ〉を新番組のメインに据えてくれるって話だ。

「そうよ」

マッケンさんが大きく頷いた。

「土曜の八時だ。晩ご飯も終わって子供たちも寝る前の一時間だ。そこに、ドーン！とぶつける！　タイトルはな、《土曜だ！　バンバンバンバン！》だ！」

バンバンバン！　って本当に僕たちに向かって大きな声で言ったけど、僕たちはただ頷くしかなかった。

「まぁ、威勢はいいタイトルだな」

「だろう？　そしてなカンスケよ」

「おう」

「《土曜だ！　バンバンバン！》は、毎回公会堂のステージを使った生放送にする」

「生放送ぉ？」

「ステージぃ？」

全員で声を上げたりびっくりしたり、ピーさんなんかは口を開けたまま固まっちゃった。

「おいおいおい」

銀さんだ。

「コントをメインにするって言ってたよなマッケンさん」

「そうよ」

「コ、コントを録画じゃなくて生でやるんですかぁ？　しかも公会堂のステージでぇ？」

ナベちゃんが手をバタバタさせた。

「それは、きっついだろう」

カンスケさんだ。

「俺らはミュージシャンだぜ？　そりゃあステージで生演奏やれってんならいくらでもやるさ。トチっても音楽ならアドリブ利かせてどんな風にでも誤魔化せるけど、コントはそうはいかないだろう。俺らはギャグのネタもかませるプロのミュージシャンだけど、本物のコメディアンじゃねぇんだぞ？」

「だからよ！」

パン！　と手を打って大きな音を出してマッケンさんはニヤリと笑った。

「綿密に打ち合わせてガッチガチに組み立てたまるで映画みたいなコントをやるのよ！今巷《ちまた》でウケてンのはよ、〈東京コント〉の二人みたいなハプニングのコントだろう？どんなアドリブやったって失敗したってその場の流れで瞬間湯沸かし器みたいに熱くさせちまう笑いだろう？」

確かにそうだ。ちょうどその土曜の裏では〈東京コント〉の番組が大人気だ。あの二人ときたら箸《はし》どころかどんぶりが転がってもアドリブで笑いにしてしまうんだ。本当の意味での天才なんじゃないかと思うよ。

「それをぶっとばすにはよぉ！」

マッケンさんは拳《こぶし》を握って思いっきり振り回した。思わず僕らはのけぞっちゃったよ。

「ガッチガチに練習して、リハをして、ステージでそれを完璧《かんぺき》に演じて笑わせるコントなんだよ！　お前たちはもう何年もステージに立って、人前でウケるために演奏してきたよな？　生の客の息遣いがダイレクトに伝わる本番のステージ！　それこそ〈ザ・トレインズ〉の真骨頂じゃないのか！」

★

そんなわけで、昭和四十四年の九月から大角テレビで、土曜の夜八時から《土曜だ！バンバンバン！》は始まったんだ。

場所は大角テレビからも近い春日《かすが》公会堂。そのステージに大掛かりなコントのステージを組んで、〈ザ・トレインズ〉のコントと、ゲストの歌手の歌、そしてそのゲスト歌手を巻き込んでの小さなコントを組み合わせた一時間の公開生放送。

前代未聞って言ってもいい試みだったんだよ。実際僕もそんな番組観た事なかったからね。最初は手探りで始まった番組作りも、一ヶ月もやったらすぐに流れは固まっていった。まず、水曜日に大角テレビの第二スタジオにトレインズ全員と、美術さんとマッケンさんと放送作家さんが集まってメインのコントの打ち合わせ。

これが、大変なんだ。いや、もちろん簡単にできるはずもないんだけど、本当に大変なんだ。一応放送作家さんが台本を書いて持ってくるんだけど、トレインズ全員で読んだらすぐにダメ出しになる。

「ここはよぉ、いや面白くねぇとは言わないけどよ。洗練されてないだろう」

第一声は絶対にカンスケさん。

「俺もそう思うぜぇ」

続くのは銀さん。

「リズムがねぇよな。毎度言うけどよ」

カンスケさんと銀さんは同い年で、実は小学校では同級生だったって話なんだ。詳しくは聞いてないし二人ともあんまりその手の話はしないんだけど、疎開で転校してバラバラになっちゃって、その後に戦争が終わって二人が大人になって音楽を始めた頃に偶然再会したんだって。

だから、トレインズの一番初めのメンバーはカンスケさんと銀さんなんだ。ナベちゃんもたいそうさんもピーさんも他のバンドから引き抜かれて加入したメンバーだ。

「この電柱が倒れそうで倒れないってアイデアは生かそうぜ。そしてもっと洗練された動きで組み立て直そうぜ。映画みたいにさ」

カンスケさんの意見の基本は〈映画みたいに洗練された動き〉だ。洗練ってもお洒落《しゃれ》って事じゃないいんだよ。

無駄のない、全部に意味のある動き、流れなんだ。

それは、実は音楽の基本なんだ。

ステージでやる演奏には、無駄なものが入る隙間なんてない。完全に整ってないとそれは不協和音になってしまう。もちろんジャズなんかはアドリブとかあって、アドリブ合戦に入るともう凄い事になるよね。でもそのアドリブだって、ちゃんとスケールに入っていないとただの雑音になってしまう。

〈ザ・トレインズ〉の演奏にアドリブは入っても、コントにアドリブは入らない。入れられない。アドリブでの笑いを期待しちゃって、そこで勝負しようとすると才能を持った本職のコメディアンには絶対に敵《かな》わないから。

水曜日に何とかコントを組み立て終わったら、木曜日にはリハーサルをしながら美術さんと大道具さんと打ち合わせして、その場で確認しあいながら図面を引っ張っての発注作業。もちろんコントの練り込みが不十分だったらその場で変更も出るから、最後まで美術さんは気が抜けないんだ。夜中に仕様変更する事だってあるからね。

そうやって何とかコントの全体像が完成したら、金曜日に本格的な全体を通してのリハーサルだ。ここで何か不安な事が出ちゃったら土曜の朝までに何とかしなきゃならないから必死なんだよ。しかもセットは組めないから、全部そこにあるつもりになってやらなきゃならないしね。

そして、本番の土曜日は朝から現場の公会堂でリハーサルだ。

もっとも、朝から入るのは美術さんと大道具さんで、僕たちメンバーが入るのは昼から。組み上がったセットでコントのリハーサルを繰り返すんだけど、ここでも突然いいアイデアが出たりしたら、その場で道具を作ってもらったり、台本を変えたりもする。もっとも、本番でしか使えないセットの仕掛け、たとえば水が降ってきたり壁を壊したりするようなのはリハでは実際にできないからね。そこはもう、本番一発勝負だ。

夕方になってゲストの歌手の皆さんが入ってきたら、にこやかに挨拶《あいさつ》して一緒に歌とゲストコントのリハーサル。ゲストコントは大掛かりなセットはないから、台本を読みながらのリハだけ。ここではスタッフもメンバーもけっこう気楽にのんびりできるんだ。

でも、今日はまた大変な一日だ。

大角テレビの大人気ドラマ『スパイハンター』の俳優さんたちをゲストに招いての〈スパイコント〉の日。

多忙な俳優さんたちを朝から拘束なんかできないから、夕方にやってきた俳優さんたちとはほんの軽くの打ち合わせと通しのリハしかできない。それでもきっと大丈夫ってのは経験で分かっているけどね。

本物の俳優さんたちは凄いよ。台本と一回の通しリハだけで、コントも完璧にこなしちゃうんだ。しかも、ドラマの役柄の〈本物の雰囲気〉を纏《まと》ってね。「どうせコントだろう」なんていう妥協も甘えも一切なしだよ。俳優さんたちの本気の演技に、メンバーの皆も引きずられて一層熱が入るんだ。

「それでね、カンスケさん」

楽屋でリハ前に軽く腹ごしらえ。近くの〈金丸食堂《かねまる》〉からの出前なんだけど、僕はいつも親子丼だ。マネージャーの理香《りか》さんも打ち合わせがてら一緒に昼飯。

〈ザ・トレインズ〉のボーヤは僕だけど、マネージャーは理香さん。実は、〈ザ・トレインズ〉が所属する鹿島《かしま》芸能事務所の社長である鹿島勇一《ゆういち》さんのお嬢さんだ。社長からは娘だって事はまったく関係なしにマネージャーとして接してくれって言われてる。

「おう、なんだい」

「今日の〈スパイコント〉では、石垣剛《いしがきごう》さんが最後に天井からロープで降りてきて、悪党たちをやっつけて終わるでしょ？」

そう、そこは今日のコントの一番の見せ場だ。

『スパイハンター』で一躍アクションスターとして人気者になってる石垣剛さんが、〈スパイコント〉に最初からは出てこないんだ。他の権藤久夫《ごんどうひさお》さんや原研二《はらけんじ》さん、来垣《くるがき》伸子《のぶこ》さんに安西《あんざい》キリエさんは出てくるのに、石垣さん一人だけ出てこない。実は、頭っからステージ上の天井にあるキャットウォーク、僕らは猫場って呼んでるけど、そこに身を潜めているんだ。

コントも終盤になってお客さんが、あぁ石垣さんだけはこのコントに出ないんだなぁ、と思ったところで颯爽《さっそう》と登場して場を攫《さら》っていくってわけだ。

「向こうの方からね、いくら石垣さんが大丈夫だって言っても何かあったら困るから、こっちの現場の人を一人つけてほしいって言ってきてるの。でも、ADさんは本番中で全員手が塞《ふさ》がっているし、チャコちゃんに行ってもらうしかないかなぁってマッケンさんも」

うん、って銀さんが頷いた。

「そりゃそうだよな。今や飛ぶ鳥を落とす勢いの俳優さんだぜ。一人淋《さび》しく上で待ってろってのはなんだろうよ」

ですよね、ってナベちゃんも天麩羅《てんぷら》うどんを食べながら言った。

「本番始まって二十分も猫場でじーっと待ってるんですよ。話し相手ぐらい欲しいでしょ」

「いいんじゃねぇか？　どうせチャコの出番はミニコントのミイラ役までねぇんだから。出来るよな？　チャコ」

「全然オッケーですよ」

石垣剛さんとずっとご一緒できるなんて光栄のいったりきたりってもんだ。

「じゃ、そう言っとく。チャコちゃんも事前に石垣さんにご挨拶しておいてね」

「了解です！」

本番十五分前に石垣さんの楽屋に行ったら、石垣さんはもうメイクを終えて衣裳《いしょう》を着て、すっかり『スパイハンター』の役柄〈黒田《くろだ》隼人《はやと》〉になりきっていた。よろしくな、って挨拶もテレビで観ている諜報《ちょうほう》部員の隼人そのまんまで、僕もすっかり興奮しちゃったよ。

楽屋には原研二さんも一緒にいたんだ。ドラマでは一番の若手メンバーで、石垣さんの弟分みたいな存在なんだけど、実際にも仲が良《い》いんだなっていうのが伝わってきた。

「チャコちゃんだっけ？」

「そうです！」

「いくつだい」

「二十歳です」

二十かぁ、って石垣さんは笑った。

「俺もその頃は劇団の下っ端でさ、なぐり持って大道具ばっかりやってたなぁ」

「そうなんですか」

石垣さんは確か三十歳ぐらいのはずだ。『スパイハンター』に出るまでは本当にまったく無名の役者さんだった。

「研二が二十二だからそんなに変わらないいな」

「そうだね」

原研二さんは二十二だったのか。

「トレインズの皆のボーヤって大変じゃないかい？　皆さん個性的なんだろう？」

研二さんが笑顔で訊《き》いてきたけど、僕は首を横に振った。

「個性的ですけど、皆優しいですよ。全然大丈夫です」

「それはな、研二。トレインズの皆はステージに立ち続ける苦労を知ってるからだぜ」

苦労を知ってそれでも立ち続けられる人は皆優しいんだよ、って石垣さんは真面目な顔をして続けた。

「よし、じゃあ行くか。天井に登るところを見られても困るしな」

「お願いします！」

いくらステージ上の天井だっていっても、ステージが明るくなったら客席の一番前に座っている人が見上げたらそこにライトや猫場があるのは見えてしまう。だから、本番前にカンスケさんが出てきてお客さんに挨拶する前に登っておかなきゃならないんだ。

もちろん、石垣さんが滑り降りる時に使うロープは準備してちゃんとリハーサルで石垣さん本人の確認済み。この高さをロープ摑《つか》んだだけで滑り降りるなんて僕なら足が竦《すく》んじゃうけど、石垣さんはリハではいとも簡単にやってのけていた。

「石垣さん」

「剛でいいぞチャコちゃん」

「あ、じゃあ、剛さん。僕はここにスタンバりますから」

剛さんは下から見えないところに寝そべるけれど、そこに僕も一緒に寝そべるスペースはないんだ。少し離れたステージ脇の上部に陣取る。

「了解だ」

「時間です。トレインズが出ます」

ステージの照明が一列だけ点《つ》いた。一気に熱が上がってくる。お客さんの歓声が響いて、カンスケさん、銀さん、ナベちゃん、たいそうさん、ピーさんが下手《しもて》から出てきた。

「はい、今晩はー！」

「カンスケさんのだみ声が響いて、剛さんが僕を見てにやりと笑った。

「カンスケさんの声は、何か元気が出るよな」

小声で言ったのが聞こえてきたので、頷いた。決して美声じゃなくて本当にだみ声なのに、確かにそうなんだ。あの声を聞くとどういうわけかワクワクしてくる。

これからお客さんと放送開始前の〈いじり〉をやるんだ。掛け声の掛け方や、本番開始直後の、オープニングの挨拶の練習だ。トレインズの皆がそれぞれに打ち合わせ通りにメンバーをいじって笑いを取る。それでどんどんお客さんがあったまってくる。

それが終わったら、ゲストの歌手の皆さんを呼び込んで紹介しながら一列に並んでもらって、本番開始のキューを待つんだ。

剛さんに向かって小声で言った。

「剛さん、ゲスト歌手が舞台に上がります。あと三分で始まります」

「あいよ」

「僕はずっと剛さんを見てますから、何かあったら手を上げてくださいね」

「了解だ。あぁ、チャコちゃんよ」

「はい」

剛さんが首を回して僕を見て笑った。

「本番だからな。気を入れるからさ。俺が何か言わない限り、そっちからは話しかけないでくれよ。降りるタイミングも絶対見逃さないから」

「わかりました」

何たって一流の俳優さんだ。それに、コントっていっても剛さんはこの天井からステージにロープ一本で滑り降りていく危険なアクションをやるんだ。

失敗はできない一回限りの真剣勝負。全部剛さんのタイミングに任せた方がいいってカンスケさんにもマッケンさんにも言われてる。僕はただここで見守っているだけ。

ステージでは皆が一列に並んだ。お客さんの歓声はまだたくさん響いている。

本番開始前、最後のブザーが鳴った。ここで、お客さんの騒《ざわ》めきが一気に静まっていく。皆が本番の始まりを待つ。

鳴り終わって三、二、一、で、ちょうど八時。

カンスケさんが、大声で叫ぶ。

「土曜だ！」

掛け声に続いて、お客さんが全員で叫ぶ。

「バンバンバン！」

オープニングテーマの演奏を〈ニック蒲原《かんばら》とニューバクスター〉が始めて、挨拶があって、そのまま出演者全員で番組のテーマソングである〈サタデーナイト〉を歌って、声を合わせる。

最後はステージにいる皆が手を繋《つな》いで、一緒にお辞儀だ。

「よろしくお願いしまーす！」

ここで、テレビではCMだ。テレビしか観たことのないお客さんは、その間何が行われているかまったくわからないけど、ステージには一気に緊張が走る。CMの間、ほんの二分の間にセットチェンジだ。出演者は急いで上手《かみて》と下手に分かれてはけて、ゲストは楽屋に行って、トレインズは時間がないからそのままステージ脇ですぐさま衣裳を替える。

大道具さんとADさんたちが総出でコントのセットを運んで寸分の狂いもなくスタンバイする。

お客さんたちの期待で会場の空気がどんどんあったまっていく。

僕はそれを見ながら、剛さんの様子も見ているけど、剛さんは見事にじっと身を潜めている。でも、ぴくりとも動かないわけじゃないんだ。さっきも剛さんが楽屋からステージに続く廊下を歩きながら教えてくれたけど、出待ちのときには常に手の指と足首を動かしておくんだって。そうする事で、身体が固まらないでいざというときにしっかり動いてくれるって。今も、剛さんはステージを見下ろしながら、手の指を、足首を動かしている。

コントが始まった。カンスケさんが黒いスーツ姿で出てきた。

「我々は、スパイだ」

カンスケさんの台詞《せりふ》にお客さんがドッと沸くけど、カンスケさんはそれを制する。

「スパイだって言ってるだろ！　バレたらどうするんだ静かにしてくれ！」

皆が笑う。台本通りに、そしてリハーサルの動き通りにステージが進んでいく。カンスケさんに呼ばれて、銀さんが出てくる。銀さんはまるでマフィアのボスみたいな雰囲気があるからスーツがとてもよく似合う。たいそうさんが出てきて、そしてピーさんが出てくる。

「おい、スパイ三号のナベはどうした」

皆がきょろきょろして動き回る。ゴミ箱を開けて捜したりして笑いが起こる。

「ここです！」

「どこだ！」

そこでようやく電柱にしがみつくようにして隠れているナベちゃんに皆が気づいて、また笑いが起こる。ところが降りようとしたときに、電柱がぐらぁっと傾いていって、皆が大騒ぎになるんだけど、途中でピタリと止まって、落ちかけたように見えたナベちゃんが計ったように普通に足を地面につけてそのまま歩き出して、皆がずっこける。

大きな笑いが起こる。

これが、コントのタイミングなんだ。そしてそれは、リズムなんだ。ずっこけるときに皆がそれぞれの位置で、そしてそれぞれの動きでずっこけないと笑いは起こらない。しかも、電柱の止まるタイミングとナベちゃんの歩き出すリズムにしっかり合わさなきゃならない。

剛さんが頷いているのがわかった。きっとピッタリのタイミングに感心しているんだ。剛さんも俳優さんだから映画をよく観ていて、アボット&コステロが大好きだって言っていた。〈ザ・トレインズ〉がやっているコントを、本当によく理解してくれているんだっていうのも、さっき話していて伝わってきた。

コントは続いていく。おかしな怪しい組織のアジトに潜入したカンスケさん、銀さん、ナベちゃん、たいそうさん、ピーさんを、変な仕掛けが次々に襲ってきて、その度に大騒ぎになって観客の笑いが起こる。

絶好調だ。何もかも上手《うま》くいってる。大抵、ひとつやふたつのミスや仕掛けの失敗や、動きが合わなくてズレたりする事はあるものなんだけど、ここまでは完璧だ。

(来るぞ)

怪しい組織の連中が覆面姿で現れて、カンスケさんたちを襲ってきた絶妙のタイミングで、『スパイハンター』のテーマソングが流れてきた。一気に歓声が大きくなった。

「そこまでだ!」

『スパイハンター』では課報部員のボス役の権藤久夫さんが、颯爽と登場する。同じく若手の課報部員・原研二さん、美人スパイの来垣伸子さんに、アシスタント役の安西キリエさんがステージに登場した。覆面姿のスタントマンの皆さんが、権藤さんや原さんや来垣さんに叩《たた》きのめされる。でも、強くはないアシスタントの安西さんが捕まってしまう。

ここだ。

このタイミングで、剛さんが勢い良くロープ一本で滑り降りて行って、ステージに飛び降りて、安西さんを捕まえている覆面男をやっつけるんだ。

剛さんが、完璧なタイミングでロープを下に投げて、それを掴んで滑り降りて行った。

誰かの叫び声。

声が聞こえたような気がした。

僕は、見ていた。ロープが、突然切れるのを。

剛さんが、姿勢を崩して背中から落下していくのを。

★

誰かが言ったそうだ。

It's show time!

〈さぁ！　ショウタイムだ！〉

こんな事も言ったそうだ。

The show must go on!

〈何があろうと、幕が下りるまでショウは続けなければならない〉

そう、幕が下りるまで、いや《土曜だ！　バンバンバン！》は基本的に緞帳《どんちょう》は使わないから実際に幕は下りないんだけど、番組が終了するまでその進行を止める事なんかない。

出来ない。

生放送なんだ。コマーシャルの時間以外はお茶の間のテレビに、ステージの上で起こる事が全部流れているんだから。

〈ハシミ〉って言葉はきっと普通の人は誰も知らないと思う。

テレビでは普通は画面の真ん中で、つまりステージなら中央で色んな出来事が起こる。ドラマでは主役が真ん中に来るし、音楽番組なら歌っている歌手が真ん中にいる。コントでも常に真ん中でギャグをやる。当たり前だ。だからテレビの視聴者は、常にテレビの真ん中に視点を合わせて観ている。

つまり、テレビ画面の端っこで何かが起こってもそれに気づかない人はたくさんいるんだ。その反対に、妙に端っこで起こる何かに気づく人もいる。端を観るから〈ハシミ〉なんだ。

もしも、ステージの真ん中で安西キリエさんが悪役のスタントマンに捕まっていて、それを囲んで皆が立って騒いでいる時に〈ハシミ〉している人がいたら、テレビ画面の上にちょろっと現れたロープに、縄に気づいただろう。

普通ならロープがそのまま垂れてくると思うだろう。でもそのロープは誰も予想しない中空で止まるんだ。そして、いきなり石垣剛さんの姿が現れて、ものすごい勢いで落ちてくるからびっくりする。

普通、天井からロープを伝って滑り降りる時にはまずロープをステージの床に届くぐらいに垂らす。それから、ロープをちゃんと握って怪我しない程度の速度に調整しながら、滑り降りてくる。それが普通だ。ドラマならそれをカットバックでいかにも突然上から現れたように編集できるけど、ステージ上のコントはそうはいかない。

ロープがいきなり上から下まで垂れてきたら、誰だってそこから人間が滑り降りてくるってわかってしまう。

「それじゃあ、興醒《きょうざ》めだろう？」

剛さんは打ち合わせの時にニヤッと笑って言ったそうだ。だから、ロープは途中までしか垂らさない。それを掴《つか》んで勢い良く落ちていって、ロープの端ギリギリのところでしっかり握って落下の勢いを殺して、ステージ上に飛び降りる。

そういう、文字通りの身体を張ったアクションスタントを、コントの中で真面目にやろうとしていた。

そして、やったんだ。

ロープを軽く摑んだだけでキャットウォークから転がるように落ちていった剛さんが、ロープの端を強く摑んで落下の勢いを殺そうとした瞬間に、ロープが切れた。

切れる瞬間を、僕は見てしまった。

空中で体勢を崩した剛さんが背中から落下した。いくらアクションスターだって生身の人間だ。背中からステージに落下したらただじゃすまない。下手したら、死ぬ事だってありえる。

僕は、剛さんが落下していくコンマ何秒の間にそこまで考えた。

剛さんは体勢が崩れて本来着地する場所から少しズレたところに落ちていったけど、そこに、ピーさんがいたんだ。顔も身体も真ん丸の、はっきり言ってお相撲さんみたいに太っている、肉の塊のようなピーさんが。

僕は天井からそれがはっきりと見えた。

ピーさんの真ん丸な顔についてる開けてるのか閉じてるのかわからない小さな眼が顔以上に真ん丸になって思わず腕を広げて、自分に向かって落ちてくる剛さんの身体を受け止めてそのまま倒れ込んで、そしてその隣にいたたいそうさんにぶつかってたいそうさんも一緒になって倒れていって。でもそこはテレビのコメディアンとしての本能で大《おお》袈裟《げさ》に笑いを取れるような倒れ方をした。

大爆笑が、起こった。

思わず僕も拳を握ってよっしゃ！　って心の中で叫んでしまったよ。

剛さんは凄かった。

完全にミスなのに、ピーさんの大きなふくよかな身体にぶつかって転がるようにステージに落ちた瞬間にくるりと床で回転して立ち上がって、そのままの勢いで予定通りに安西キリエさんを捕まえていた悪役のスタントマンを倒して、安西さんを助けた。

それも、切れたロープを手に持ってそれを振り回して武器の代わりにして、だ。

それが元々の予定通りだったみたいに。

そこから先は、台本通りの進行だった。きっとボス役の権藤久夫さんも、原研二さんも、来垣伸子さんも安西キリエさんも、剛さんがミスって落ちてきたのにびっくりしたはずだ。でも、何事もなかったように、それが正解だったように予定通りの台詞を喋《しゃべ》り始めた。

ピーさんもたいそうさんも、そして直接の被害がなかった銀さんもナベちゃんもカンスケさんもさすがだった。一瞬ひやりとしただろうけど、そのままコントを続けて、お客さんには何も悟られないで最初のコントは終わった。

大成功だった。

場面転換の音楽が鳴り出して、皆が上手下手にはけていって〈ニック蒲原とニューバクスター〉が今日の最初の歌のゲスト、南容子《みなみようこ》さんの曲のイントロを演奏し始めた。ステージの照明が暗くなって、下手から歩いて登場してきた南さんにスポットが当たる。

(よし)

ようやくそこで僕は動き出せた。急いで下に降りてミニコントの準備をしなきゃならない。でもその前に、どうしてロープが切れたのかを確かめようと思って、キャットウォークに縛ってあったロープを回収しようとしたんだ。

そうしたら。

ロープのその切り口は、明らかに半分以上刃物で切られたようになっていたんだ。

スパッと。奇麗な切り口で。

「何だ、これ」

汗がさーっと引いていくのがわかった。

急いでロープを解《ほど》いて回収して、下に降りて楽屋に行く前にステージ裏に走った。

ステージ上のコントのセットはもう全部引っ込めてある。何かセットが壊れたり余計なものが落ちたりした時は大道具さんがすぐに回収して、セットの真ん中に放り投げておくんだ。それが、現場の約束事になっている。どうしてそれが壊れたり落ちたりしたかを後できちんと確かめて今後の参考にするために、物がなくなったりしないようにそうしておくんだ。

だけどロープが、剛さんが振り回していたロープがなかった。切れたロープがそこにあるはずなのに、ない。

（そんな）

ステージの上にいた誰かが持っていった？　いや、持っていくはずない。番組のスタッフなら、後でちゃんと確かめるためにステージの上に落ちたものはセットの真ん中に置いておくのが鉄則なんだ。考えられるのは、僕が上から降りてくる間に、ステージから眼を離した時に誰かが持っていった？

ひょっとして、剛さんが、はける時にそのまま持っていったのか？　そうなのかもしれないけど確かめている時間はない。楽屋まで走った。

「急げよチャコ！」

「はい！」

僕が楽屋に入ると同時にトレインズの皆が楽屋から飛び出していった。中には誰もいない。急いで回収したロープを僕の鞄《かばん》にしまい込んだ。

誰かに言わなきゃって思ったけど、トレインズの皆に余裕なんかない。全員が次のコントに備えてもうステージの袖《そで》に待機している。僕だってそうだ。ミイラと呼ぶにはあまりにも情けない中途半端にあちこちに包帯を巻いた、しかも包帯の下はスーツ姿の変な男にならなきゃならない。その恰好《かっこう》で、番組のマスコットガールをやってるアイドルグループの〈スイート・スリー〉の三人と一緒にコントをやるんだ。

看護婦さんの恰好をしているアンちゃんとミカちゃん、シーちゃんがもう袖で控えている。中途半端なミイラ男の姿になってそこに慌てて駆け込んでいったら、後ろから誰かに肩を摑まれた。

マネージャーの理香さん。その顔を見て、何を言うのかもう理解していた。

「全部、上で見てたよね？」

「見てました」

「終わったらすぐに石垣さんの楽屋に来て。待ってるから」

「了解です」

理香さんが真剣な顔で小さく頷いてすぐに離れていった。普通じゃない緊張感が僕と理香さんの会話に溢《あふ》れていたんだろう。隣にいたアンちゃんが不安そうな顔をして小声で僕に訊いた。

「何かあったの？」

「いや、何でもない。大丈夫だよ」

〈スイート・スリー〉の三人はまだ十八歳の高校生だ。自分たちの出番以外でどんな事が行われるのかは本番前に台本で知るだけだから、あの〈スパイコント〉を見ていても、実は剛さんがとんでもない事になっていたなんて知らない。予定通りの事だとただ大笑いしていただけだと思う。

「もう出番だよ」

「うん」

ニコッと笑ってアンちゃんが頷いた。それにミカちゃんとシーちゃんも同じように微笑んで頷いた。

この三人は本当にいつも仲良しだ。三人は僕とは年が近いからけっこう何でも話すけど、さすがにこれは言えない。こんな事、誰にも言えないだろう。

出番だ。

人気のミニコント〈診察室〉だ。僕はストレッチャーに横たわった。アンちゃんとミカちゃんとシーちゃんが囲むようにしてストレッチャーを押しながら、ステージ中央の白衣姿のカンスケさんに向かっていって、でも止まらないでそのままぶち当たっていく。カンスケさんがふっとんで大爆笑が起こる。

「こらぁ！　何するんだぁ！」

「先生！」

「何だ！」

「急患です！」

アンちゃんが叫ぶように言う。本当にアンちゃんは台詞のカンがいい。間がいいんだよね。きっと彼女は役者をやっても成功すると思う。

「俺が急患になっちまうよ！」

そこから先はカンスケさんと〈スイート・スリー〉の掛け合いだ。僕はただストレッチャーの上で寝そべっていて、水を掛けられたり注射されたりする時に大袈裟に身体を動かすだけ。それだけでいいんだから考える時間はある。

そう、ロープが切られていたんだ。あの切り口は明らかにナイフだ。ナイフじゃなきゃ包丁だ。

何のために？　決まってる。剛さんがぶら下がった瞬間にロープが切れるようにするためだ。それは、とんでもない犯罪だ。下手したら殺人事件だ。今回は何事もなく終わったけど、殺人未遂として警察に逮捕されたって文句は言えない。

誰が？　誰が剛さんを殺そうとしたんだ？　そこまで考えていなかったとしても、大怪我をさせようとした？　うちの番組スタッフって線は絶対にありえない。そんな事をしたら番組自体が潰《つぶ》れてしまうかもしれない。だとしたら、考えたくはないけど、『スパイハンター』のスタッフしかいない。

剛さん以外の俳優さん。権藤久夫さんに、原研二さん、来垣伸子さんに、安西キリエさん。それと、それぞれのマネージャーが四人。今日は『スパイハンター』のプロデューサーも来ていたし、合間に打ち合わせがあるとかで脚本家さんと監督さんも一人ずつ来ていた。あとは、誰がいたっけ。その他にも誰かわからないのが四、五人はいたはずだ。

その中の誰かが？

あのロープに近づけた人間は？　誰でも近づけた。リハーサルでセッティングする時にはほぼ全員が揃っていたんだ。でも、あれをキャットウォークに結びつける時に切れていたら気づくはずだ。結びつけたのは誰だった？　スタッフの誰か？

いいや、剛さんだ。

何でも自分で確かめなきゃならない性分なんだって自分でやっていたのを、皆が、僕も見ていた。リハのその後は？　誰でもキャットウォークには上がっていけるし、上がっても誰も気に留めない。本番前は大勢の人間があちこちを動き回っているんだ。関係者の誰がどこにいようと、気に留めない。

（どうしようか）

ロープが切られていたのを知っているのは今のところ犯人と僕だけだ。いやひょっとしたらロープを持っていった剛さんも、今頃切り口を確かめて大騒ぎになっているかもしれない。後で剛さんの楽屋に行った時に、どうしてロープが切れたか、それを僕が見ていたかって話になるはずだ。剛さんは飛び降りる時に気づいただろうか？　いやそれはない。気づいていたらそのまま飛び降りるなんてありえない。

「よーし！　次だ次ぃ！」

あ、終わった。動かなきゃ。

僕は、ボーヤで見習いだ。番組のフィナーレで皆がステージに並んでエンディングテーマを歌っている時には一番端っこにいる。テレビ画面にはほとんど映らない。たまにチラッと映る事があって、その時にはいつも実家から電話が入るんだ。今夜は映ったよって。会場からは手拍子、ステージに並んでいる〈ザ・トレインズ〉の皆も、ゲストの歌手も、そして『スパイハンター』の皆さんも〈スイート・スリー〉も笑顔で手拍子。

「ありがとうございましたー！」

全員が手を繋いで、カンスケさんの号令で一礼して、今夜の《土曜だ！　バンバンバン！》が終わる。全員が揃って頭を上げたところでテレビではコマーシャルに入る。番組が終わる。でも、会場ではまだ続いている。

「皆さんありがとうございました！　楽しんでいただけましたか？　何かね、外では雨が少しぱらついてきたようですから、どうぞお気をつけてお帰りくださいね。それから、お帰りの出口は混雑しますから、お子さんがはぐれないように十分注意してくださいね」

カンスケさんの喋り。そしてゲスト一人一人の名前を呼んで、お礼を言って拍手をしてゲストが上手下手に手を振りながらはけていく。

最後に残ったのは〈ザ・トレインズ〉の五人だ。

「いやぁ、今日は何かいつもより疲れたよな」

銀さんが苦笑いしながらカンスケさんに言った。もちろんこれはマイクを通しているので会場のお客さんにも聞こえている。最後の最後に、おまけのコーナーだ。

「ほんとほんと。僕なんかどういうわけかお腹が空《す》いて空いて」

ピーさんがお腹を叩きながら言った。

「僕も何故か腰が痛くて痛くて」

たいそうさんも腰を叩きながら言った。

「私は元気ですけどね！」

ナベちゃんも笑いながら言った。カンスケさんも苦笑いする。はっきりとは言わないけど、あの剛さんのアクシデントについて言ってるんだ。五人は、本当にただのアクシデントだと思ってる。剛さんが失敗したんだって。お客さんも何の事かはよくわからないけど、五人が楽しそうに喋っているからそれだけで笑いながら聞いている。

「それじゃあ皆さん、明日は日曜日。よい休日をお過ごしください。さようならー！」

メンバーが手を大きく振って大歓声に見送られながら下手にはけてくる。

「お疲れ様です！」

僕は袖で控えて皆に挨拶する。一番の下っ端だけど、皆が僕を仲間だって認めてくれているから、お疲れ！　って手を叩いたり、肩を抱いてきたりするんだ。

「カンスケさん」

「おう」

「僕、理香さんに剛さんの楽屋に来るように言われているんで」

そうか、ってカンスケさんがちょっと眼をパチパチさせた。

「今日のあれか？」

「だと思います」

「お前が何かミスしたわけじゃないだろ？」

「違いますよ。でも、上で見ていたのが僕だから」

そう言うとカンスケさんが下唇を突き出して渋い顔をした。

カンスケさん、厳しいけど、そしてケチだけど、優しいんだ。

「や、大丈夫ですよ」

「俺も行くか?」


「失礼しまーっす」

ホールだから楽屋がたくさんあるわけじゃない。ゲストの場合には小さな会議室を楽屋に充てているんだ。ホール脇の楽屋はトレインズが使うからね。

「おう、チャコちゃん、お疲れ様」

真ん中に三つ並べて置かれた会議用テーブルの向こう側で、剛さんが軽く手を上げて笑っていた。もうドーランも落として私服になってる。

権藤さんに、原さん、来垣さんに、安西さんもそれぞれに着替えて椅子に座ってのんびりしていた。マネージャーさんも揃ってる。そして、壁際に理香さんとマッケンさんもいた。雰囲気が変だ。剛さんはそれまで通りに気さくそうな笑顔を僕に向けてくれているのに、他の皆さんの雰囲気がどこか緊張感を漂わせているような気がする。理香さんもそうだ。僕を見ている眼が何となく潤んでいるような気もしている。

ステージ上からなくなっていたロープがテーブルの上に載っかっていた。やっぱり剛さんが持ってきていたのか。

「チャコよ」

マッケンさんがすぐに僕に訊いてきた。

「はい」

「確認なんだけどな。正直に言ってくれよビビらなくてもいいからよ。『スパイハンター』の皆さんは優しいから大丈夫だ」

笑顔で言うマッケンさんだけど眼が笑っていなくて、俳優の皆さんも少し笑っていたけどやっぱりそれは心の底からのものじゃなくてお愛想みたいな笑いで。明らかに皆、何かの結論を出すのに僕が来るのを待っていたんだ。

「何でしょう」

「お前、ずっと石垣ちゃんがスタンバっているのを見ていたよな？」

「見ていました」

「上には他に誰もいなかったよな？」

「いませんでした」

「石垣ちゃんが飛び降りる時はどうだった？　何もなかったか？」

僕は眼だけを動かして剛さんを見た。

剛さんも僕を見ていた。その時に、どうしてかわかんないけど、感じたんだ。剛さんの眼が何かを僕に伝えようとしてるって。何を伝えようとしているのか。剛さんが僕に接する態度は、さっきと同じだ。つまり、今まで通りだ。何も変わらない気さくな雰囲気の剛さんがそこにいる。でも、剛さんは俳優だ。そんな演技はいつでもできるだろう。

「ちょっと大事な事だからさ。正直に、隠さずに言ってよチャコちゃん」

原さんが本当に真面目な表情で言ってきた。真面目な、そして心配そうな顔。心底剛さんを思ってるんだなっていうのが伝わってきた。

今、この場ではきっと、あれは単なる剛さんのミスだったのか、それともこっち側にロープの不備とかドジがあったのかどうかを確認していたんだろう。何よりも、テーブルの上にあったロープの切り口が、ボロボロになっていたんだ。ナイフで切ったものじゃなくて、解けたみたいに。

この状況で剛さんの態度がさっきと同じってことは。

「気づきませんでしたけど、ひょっとしたら石垣さんが身体をキャットウォークから転がす時に、勢いが付きすぎていたかもしれません。僕はちょっとそんな気がしました」

「だろう？」

剛さんが、大きく手を広げながら笑顔で言った。

「やりすぎちまったんだよ。ロープを結んだのも俺だし、縛りがちょうど足場の角で引っ掛かって、しかも俺が勢い良く体重を掛けすぎちまったから切れたんだよ」

パン！ って手を叩いて、剛さんはゆっくり立ち上がった。

「全部俺のせい！ 番組スタッフにミスはなかった。怪我しなかったんだし、ピーさんとたいそうさんには俺が謝っておくよ。それでオールオッケーで問題ないよな？ ボス？」

ボス役の権藤さんに剛さんが言うと、権藤さんも軽く顎《あご》を動かした。

「いいんじゃないか？　スタントやってりゃこんな事は日常茶飯事だ。せっかく楽しく終わったもんをあれこれ混ぜっ返す事はないだろう」

重々しい権藤さんの声に、皆が頷いた。剛さんはそのまま僕のところに来て、ガチッと肩を抱いてきた。

「スマンかったな驚かせちゃって」

「いいえ」

「これからもよろしく頼むぜ」

頼むぜ、って言って至近距離で僕を見たその眼は、笑っていなかった。

顔は笑っていたけど。

★

「チャコ」

トレインズの皆が着替えて裏口から出ていくのを見送るのは僕の仕事だ。皆が出ていった後に楽屋とかを全部回って忘れ物とかないかチェックしてから僕は帰る。いつものように裏口で待っていたら、カンスケさんが声を掛けてきた。

「大丈夫だったか？『スパイハンター』の皆は」

「大丈夫でした。何事もないです」

この場はそう言っておかなきゃならない。カンスケさんは下唇を突き出した。カンスケさんの癖なんだ。何か言おうとする前に必ずそうする。

「ロープ切れたのはこっちの責任じゃないってマッケンさん言ってたけど、間違いないんだよな？」

「そうです」

頷いたら、カンスケさんの後ろにいた銀さんが、ポン、と僕の肩を叩いた。

「あんな無茶な飛び降り方したらロープも切れるってよ。苛《いじ》められなかったんだろ？向こうの連中には」

「そんな事されませんでしたよ。剛さんも自分のミスだって言ってたし」

「だろぅ？　あいつは昔から正直な男だからさ、そう言ってんなら間違いねぇよ」

「え？」

カンスケさんと僕は同時に銀さんを見てしまった。

「銀の字、おめぇ石垣剛を知ってんのか？」

「あれ？　言ってなかったか？」

銀さんが肩をひょいと竦めた。

「あいつぁ近所のガキだったんだ。大学も一緒だぜ。もっともあいつは中退組だけどな」

そんな縁があったのか。

「ま、ここ十何年ぐらいはまったく付き合いなかったし、今日のリハで久しぶりに話したんだけどよ」

何かあったら口を挟める程度には知り合いだから心配すんなって銀さんは笑った。

「じゃな、お疲れ」

「お疲れ様です！」

皆を見送ってから、楽屋の椅子に座り込んで、鞄の中を確かめた。ちゃんとロープは入っている。

「どうしようかな」

これは、絶対に誰かに相談しなきゃならない。誰だろう、誰に相談するのが一番いいんだろう。

マッケンさん？　ダメだ。マッケンさんはプロデューサーなんだ。こんな事実を知ったら上に報告しなきゃならないし、その結果下手したら番組が制作中止になってしまうかもしれない。それは困る。本当に困る。

そしてきっと困るのは僕らだけじゃない。剛さんも困るはずなんだ。だって、明らかにあの切れた側のロープの切り口を、自然に解けて切れたみたいに細工したのは剛さんなんだ。それ以外に考えられない。

剛さんは必死に眼で僕に訴えていたと思う。この状況を理解して上手く話を合わせてくれって顔をしていた。その証拠に、僕があんな風に言った途端にものすごくホッとしたような雰囲気を漂わせたんだ。

「という事は」

剛さんは、何かを知っている。それを、隠している。いや、隠した。そう考えるのが自然だ。『スパイハンター』はこの後も収録があるってそのまま皆で帰っていったから、その事情を僕に話す暇がなかったのかもしれない。

「連絡来るかな」

ひょっとしたら、剛さんから直接この件で連絡が来るかもしれないな。その時に僕一人で対処できるだろうか。

「無理だよな」

僕にそんな度量も度胸もない。だから、剛さんにも内緒で相談しなきゃならない。

カンスケさんはミュージシャンには珍しいぐらいに真面目な人だ。義理ってものをものすごく重んじる。だから、カンスケさんに言ったらマッケンさんに言わないで自分たちで何とかするなんて事が出来るはずもない。

「そうすると」

理香さんか。〈ザ・トレインズ〉マネージャーの理香さん。

ただのマネージャーじゃなくて、今や芸能界にその名を轟《とどろ》かす鹿島芸能事務所の社長である鹿島勇一さんのお嬢さんだ。色んなところに顔だって利くし、何よりも理香さんは頭が切れる。おべんちゃらじゃなくて将来の鹿島芸能事務所を背負って立つのは理香さんだって皆が言っている。愛嬌《あいきょう》だってあるから皆に慕われているし顔も広い。

仕事だけじゃなくて、僕達〈ザ・トレインズ〉の事を、本当に真剣に考えてくれている。

前にナベちゃんのお母さんが倒れた時もそうだ。ナベちゃんは一人っ子でそしてお父さんもいない。一人暮らしのお母さんが入院する手続きや細々した日常の事を全部片づけたのも理香さんだ。

僕達〈ザ・トレインズ〉が、お茶の間の人気者であり続けるために、理香さんはただのスケジュール管理以上の事をいつも考えてくれている。

「チャコちゃん？」

後ろから声がして、振り返った。

理香さん。

「どうしたのボーッとして。帰らないの？」

「あ、いや帰りますけど」

「一緒に乗ってく？」

僕が帰るのは渋谷《しぶや》にあるナベちゃんのマンションのすぐ近くの六畳一間の安アパート。恵比寿《えびす》に家がある理香さんはいつもタクシーで帰るから、途中で寄って降ろしてくれる。

「乗ってきます。それで、理香さん」

「うん」

「ちょっと相談したい事があるんですけど」

相談？　って理香さんが呟《つぶや》くように言った後に、僕をじっと見て顔を顰《しか》めた。理香さんは顔を顰めると眉間《みけん》にくっきり皺《しわ》が寄って、銀さんはそれがチャーミングだっていつも言ってる。僕もそう思う。

「タクシーの中で話せる事？　それとも二人きりで話した方がいい？」

「二人きりの方がいいです」

銀座の一丁目にある〈カルチェラタン〉は目茶苦茶変わったお店だ。ビルの地下にあるバーなんだけど、個室がいくつもあってしかもその個室の造りは全部洞窟《どうくつ》だ。いや、洞窟風に造ってあるらしい。初めて来た時には洞窟っていうよりこれは北国のかまくらなんじゃないかって思った。

何でもオーナーは理香さんのお父さんである鹿島勇一さんで、芸能人や政財界の人たちが内緒話をしたい時に使えるように造ったらしい。そのせいで通路は迷路のようになっていて、どの洞窟から出る時にも誰にも会わないようになっている。

「それで？　どうしたの？」

どこまで本気なのか冗談なのかわからないんだけど、お酒を運んでくるのは耳が遠いおじいちゃんだ。さすがに足下はしっかりしているんだけど腰は少し曲がっているし、たった二杯のウイスキーの水割りをワゴンに載せて押しながら運んでくる。

そのおじいちゃんがドアを閉めて出ていってから、理香さんが言ったので頷いた。

「今日の一件なんですけど」

理香さんが顔を顰めた。

「やっぱりそう？」

「やっぱり感じてました？」

うん、って水割りを一口飲んでから理香さんが息を小さく吐いた。

「あのロープがそんな簡単に解けて切れるなんてありえないって思った。石垣剛さんがはっきり自分が悪いって言ったものだから皆が納得したけど」

僕を見た。

「何があったの？」

頷いてから、僕は鞄からロープを取り出した。

「これがそのロープのもう半分です」

言いながら、切り口を理香さんに見せた。理香さんはそれを見て、コンマ何秒か遅れて慌てて僕の手からロープを奪い取るようにして手にした。

「チャコちゃんこれって！」

「僕は何もしていません。後から確認したら、この状態だったんです」

理香さんは僕とロープの切り口を何度か交互に見て、それから左手の親指の爪をちょっとだけ齧《かじ》るように口元に持っていった。理香さんの癖だ。打ち合わせなんかでも何かを考え込む時によくそうしている。

「じゃあ、あの楽屋で会った時に剛さんは」

「何も言わなかったけど、僕の判断で剛さんに話を合わせたんです。大事にしない方がいいのかと思って」

「剛さんには心当たりがあるってことよね」

「たぶん。ひょっとして後から僕に連絡が来るのかもって思ったんですけど」

そうね、って理香さんが言って、唇を少し嘗《な》めた。

「チャコちゃん、私ね」

「はい」

「『スパイハンター』でメイクやってる子、友達なの」

「あ、そうなんですか」

頷いて、僕を見た。

「その子にね、聞いたの。絶対に内緒よ」

理香さんが少し僕に近寄って、声を落とした。

「最近、収録の時に変な出来事が何回か起こってるんだって」

「変なって」

そう、って言いながら理香さんはロープをくるん、と振り回した。

「これと同じような出来事が、ここ数ヶ月に三回起こってるって」

「三回？」

「お祓《はら》いした方がいいんじゃないかって話も出ているそうよ。安全祈願の」

★

《土曜だ！　バンバンバンバン！》の本番が終わった次の日の日曜日は休日、なんて事はまったくないんだ。今や〈ザ・トレインズ〉は日本中知らない人がいないぐらいの人気コミック・バンドだ。

そう、バンドでミュージシャンなんだ。

ミュージシャンでバンドって事は、楽器さえ持っていけばいつでもどんな場所でも営業で演奏活動ができるって事で、スケジュールはもう本当にびっしり詰まっている。さすがに《土曜だ！　バンバンバン！》をメインにやっているから遠い地方での営業なんかは無理だけど、日・月は必ずどこかでのステージが入っている。

いつか僕もあの中で演《や》れたらいいなってステージ脇で見る度に思うんだけど、残念ながらギターはたいそうさんとピーさんだしベースはカンスケさんだしドラムはナベちゃんでピアノは銀さんだ。全然僕の入る場所なんてない。タンバリンで入ったり、ギャグでシンバルを叩いたりする事はあるけど。

ボーヤとして楽器の運搬やステージの管理をする僕はもちろん日曜日も月曜日もメンバーと一緒だ。当然、理香さんもマネージャーとして同行するから、メンバーがステージに上がっている時には、僕とステージ脇や楽屋であれこれ話している時間が長い。

「剛さんから何も連絡はないんでしょう？」

「ないです」

「でも、絶対に、放っておけないでしょう？」

月曜の夜だ。もうすぐ全日本劇場でのトレインズのステージが終わるんだけど、理香さんがあの剛さんの件を僕に話し出した。

「それは、確かにそうです」

「だからって、私たちに何ができるってわけでもないんだけどね」

「そうなんですよねー」

何が起こっているのかは直接剛さんに訊いてみるしかないんだけど、剛さんは剛さんで毎日のように『スパイハンター』の撮影が入っているし、売れっ子俳優なんだからその他の仕事だってあるはずだ。

「それでね、チャコちゃん。考えたんだけど、『スパイハンター』のロケを見学してこない？」

「ロケですか？」

そう、って理香さんが大きく頷いた。

「確認してみたら、明日の火曜日はちょうど剛さんが主役の回のロケなの」

三浦《みうら》半島にある〈ホテルパシフィック〉ってところで、ドラマのアクションシーンのみの撮影だそうだ。そのホテルの名前は聞いた事がある。七階建ての今は営業していない廃屋のようなホテルで、よく映画やアクションドラマの撮影に使われているらしい。サスペンス物やアクション物を観ると、知っている人は「あ、あそこだ」って気づくところ。

「『スパイハンター』のメンバーは剛さんだけで、あとは敵役の役者さんとスタントの人ばっかりだって」

「すると、剛さんが一人きりでいる時間も多いって事になりますよね」

「そうなの。もし、剛さんに何かあるんだったら、ううん、絶対に何かあるはずなんだけど、力になってあげなきゃ。あの人はね、日本でも希有《けう》なアクションスターになれる俳優よ。芸能界の宝になるような人」

理香さんは熱っぽく言うけど、その通りだと僕も思う。

「理香さんも一緒に？」

「ごめん、私は仕事があって行けない。それに、剛さんはたぶんチャコちゃんだけに知られたって思ってるんでしょ？　一人の方がいいような気がする」

確かにそれはそうかも。

鹿島芸能事務所の社長令嬢でもある理香さんが「ちょっと勉強させたいからお願い」って言えば、余程の事がなければ僕でも現場の見学ぐらいは簡単に入っていける。

朝起きてすぐに理香さんに貸してもらったブルーバードで現地に向かった。何かあった時のために、って理香さんはお金も渡してくれた。本当に理香さんって有能なマネージャーだと思う。あんまりにも有能すぎてしかも本人が仕事大好きなもんだから、嫁のもらい手がないって社長が嘆いているって話も聞いた事がある。

〈ホテルパシフィック〉の周りにはロケ車が並んでいて、その後ろの方にブルーバードを停めた。周りには誰も居ないから、きっともう中で撮影をしてるんだろう。

ドラマの撮影中に大きな音なんか立てたらとんでもなく怒られるから、ゆっくり慎重にホテルの中に入っていった。音のする方を確かめたら上の階だ。

話には聞いていたけど本当にほとんど廃屋みたいなものなんだ。でも、やたら奇麗な部屋もある。これはきっとどこかの大道具の人間がセット用に造ったもので、ドラマによって使い分けて、後でも使えるからそのまま置いていったんだ。

そういうところ、テレビ各局のドラマ部や映画会社は、よく現場の人間同士で連携をしたりもするんだ。お互いに同じ舞台で働く者同士。予算が安く済んだりするんなら大歓迎だしね。武士は相身互いってやつ。

音を頼りに階段を上がっていったら、四階でざわざわし始めた。人が溜《た》まっていて機材が見えた。あそこだ。

スタッフの誰かが僕に気づいて、あぁ、って感じで小さく頷いて「こっち」って手招きした。どうやら休憩中かな？

外壁があちこち崩れたのか壊したのか、結構広く抜けているフロアだった。外の景色が見えるし、鬱蒼《うっそう》とした周囲の森の緑が奇麗だ。いかにもアクションシーンを撮るような場所。撮影スタッフがたくさんいて、照明スタンドもあちこちに立っている。

剛さんは、足場に使うセッシュゥに座って、煙草を吸いながらスタントや役者の人たちと談笑していた。やっぱり休憩中だったんだ。

「あれぇ？」

僕に気づいた剛さんがちょっと驚いた顔をして、でもそれは一瞬で、すぐに笑顔になってそう大きな声を出した。

「チャコちゃんじゃないか！」

「おはようございます！」

他のスタントの人たちも僕の方に顔を向けて、あぁ、とか、あれあいつって？　なんて顔をしていた。これでも一応は人気番組の出演者の一人だ。顔ぐらいは何となく覚えてくれている人も多い。

どうやら剛さんや出演する人たちには僕が来る事は教えてなかったんだな。剛さんがこっちこっち、と手招きするので、遠慮なくその輪の中に入っていった。

「どうしたの今日は。何の仕事？」

「いや、休みだったので、ドラマの現場をちょっと勉強中なんです」

へぇ、って剛さんが頷いたけど、事情を知らない周りの人はともかく、剛さんはそんなの嘘だってすぐにわかるよね。絶対に自分に会いに来たんだなって。剛さんは、ほんの少しだけど何か考えた風に眼を細めてから言った。

「じゃあさ、次のシーン終わったら飯なんだ。一緒に食べようよ」

剛さんのアクションシーンをじっくり見たけれど、殺陣《たて》師じゃなくて剛さんが全部自分で考えてるっていうのは本当だったんだ。リハをやって、その場でもっとこうした方がいいっていうのをカメラの位置やアングルまで考えて、それはもちろんテレビ画面で観る事まで、カット割りまでを考えて剛さんは決めているんだ。

これが、一流の人の持つ輝きだって心底思った。剛さんはただの俳優じゃないんだ。本当の意味でのアクションスターになるべくして生まれてきた人なんだなぁって。

「カット！　オッケー！」

監督の声が掛かって、急に現場が賑《にぎ》やかになる。スタントの人と剛さんはお互いに握手したり今の良かったありがとう！　って感じで笑い合っている。剛さんは、そういう人なんだ。全然スターって感じがしない、本当に気さくで真面目で、現場の人間に好かれる俳優さん。

屋上に行こうぜ、って剛さんが僕を誘った。

「ここの屋上は眺めが良くて、飯を食うには最高なんだ」

そう言って僕にも弁当を分けてくれた。マネージャーさんに二人で飯を食うからって剛さんが言ったので、お茶が入ったポットと湯飲みも僕が持って、一緒に階段を上がっていった。鉄扉を押して出た屋上も、いかにも廃屋って感じに寂れていたんだけど、確かに眺めは最高だった。元々高台にあるから海まで見える。

いつもここで誰かが弁当を食べるらしくて、テーブル代わりの台や椅子がある。弁当を置いて、剛さんは椅子に座った。

「チャコちゃんとは縁があるかなぁって思っていたんだよなぁ。初めて会った時から」

剛さんが苦笑いして僕を見た。

「縁があるって言えば、銀さんが剛さんを知ってるって」

「そうそう！」

嬉《うれ》しそうにパチン！と手を叩いた。

「銀治《ぎんじ》さんが〈ザ・トレインズ〉でテレビに出てきた時には嬉しくってね。その内にゆっくり話したいなぁって思っているんだけどな」

ふぅ、って大きく息を吐いた。

「煙草あるかい？　切らしちまった」

「あ、どうぞ」

箱のまま渡すと、剛さんは一本取って自分のオイルライターで火を点けると、箱をポンと放って返してきた。ふぅ、って煙を吐いて、空を見た。

「チャコちゃん」

「はい」

「俺の勘って当たるんだよ」

「そうなんですか」

「チャコちゃんはな、きっと凄い人気者になるぜ」

剛さんがにんまりと笑った。

「本当だぜ。そういうの本当に俺、わかるんだ。近い内にチャコちゃんは〈ザ・トレインズ〉を背負《しょ》って立って、そして日本中の人間を笑わせて幸せにするコメディアンになる」

「いやぁ」

人気俳優さんにそんな風に言われるのは、何か嬉しいし光栄だけど。

「そうなったら嬉しいですけど」

「そうなるって。そん時にさ、チャコちゃんがメインを張って活躍する時にはさ、ちょいと原研二の事を思い出して使ってやってくれよ」

「原さん？」

原研二さん？『スパイハンター』の？

「原さんが、どうかしたんですか？」

仮に僕がメインを張れるようになったとしても、僕なんかが思い出さなくたって、原さんはいまや若手人気俳優だ。『スパイハンター』を支えるアクションは剛さんの次は原さんって事になってる。

「僕なんかじゃどうしようもないですけど」

そう言ったら、剛さんは、少し首を傾げた。

「言ったじゃないか。俺の勘は当たるんだって」

「はい」

「あいつは」

煙草を吸って、煙を吐いた。

「たぶん、俳優としては続かない」

続かない。

「今はたまたま『スパイハンター』の人気に乗っかっているけど、この番組が終わった後にあいつはジリ貧になる」

「そんな」

「ま、どんな事が起こるかわからんけど、少なくとも今のままじゃ駄目だ。あいつは演技力もない、ちょいと二枚目で動けるから何とかなっているけどな」

確かに、俳優さんの世界は実力主義だ。どんなに顔が良くたってスタイルが良くたって肝心の演技が下手くそだったら、仕事の依頼なんか来ない。

「だからさ、今のうちに、俺のポジションを明け渡そうって思っていたんだけどな」

剛さんのポジション。

「俺が怪我をしたらさ、『スパイハンター』の脚本はどうなると思う?」

それはもちろん。

「『スパイハンター』で剛さんが受け持っていたアクション物は全部原さんが代わりにやる事になって」

あっ、と思ってしまった。

そうだ。『スパイハンター』は基本はスパイ物なんだから世界を股《また》にかけてのアクション物が多い。つまり、剛さんの出番は本当にたくさんあるんだ。他にもサスペンス物とか推理物とか恋愛物とかいろいろなパターンをやって、出演者それぞれが主役を張るけれど、十回のうち四回は剛さんが主役のアクション物のストーリーと言ってもいい。

「原さんが主役を張る回が多くなって、必然的に原さんも演技力が磨かれていく」

「その通りだ」

剛さんが大きく頷いた。

「撮影はさ、戦場だよ。時間の制約がある中で皆が必死だ。演技力ってのは経験だ。自分が中心に立って決めないとドラマそのものが終わってしまうっていうその緊張感の中での戦い。あいつの今のポジションじゃあ、そんな緊張感も責任感も何も生まれてこない。あいつは今はただ俺や権藤さんの周りをくるくる回っているだけの子犬だよ」

剛さんの声が、重く響いた。これは、まさしく『スパイハンター』の役柄〈黒田隼人〉だって思った。身に纏った空気が違うんだ。それが演技はまったく素人の僕にも伝わってきた。

本物の役者の存在感は、これなんだ。

「でも、どうしてそんな」

自分が主役なのに、原さんにそれを譲るような事を。剛さんは、くいっ、と小さく顎を上げた。もっと近くへ、って事だと思って椅子を前に出した。

剛さんが、すっ、と顔を僕に近づけた。

「原研二は、俺の弟だ」

弟？

「親父の、妾腹《めかけばら》なんだよ」

「お妾さんの子供」

えっ、ちょっと待ってくれ、って心の中で叫んでしまった。今、とんでもない話を聞いてしまった事に気づいてものすごく動揺した。

石垣剛さんのお父さんは、有名人だ。田原篤《たはらあつし》さん。日本でも最大級の規模を誇る機械メーカー、田原重工業の社長さんだ。それこそあの財閥系に勝るとも劣らなくて日本の財界でも相当な力を持ってるって。

田原社長には息子が三人いて、長男は跡継ぎで、次男は国会議員っていうとんでもない血筋で、でも三男の剛さんだけはそういう家柄に反発して高校時代に家を出て、肩書きなしに自力で今の人気俳優の地位を獲得した人なんだ。そして剛さんが田原重工業の社長の息子だっていうのを週刊誌がすっぱ抜いたのは、『スパイハンター』で人気が出てからの話なんだ。

きっと僕の眼は白黒してた。剛さんが、煙を吐いてニヤッと笑った。

「結構な特ダネだろ？　これを売ったらそれなりに金になると思うぜ」

「売りませんよ」

そんな事できるはずがない。

「原さんは、その事を」

剛さんは首を横に振った。

「知らない。知ってるのは、研二のおふくろさんと俺の親父と、そして兄貴たちだけだ」

ふぅ、と溜息《ためいき》をついて、剛さんは煙草を床に捨てて足で揉《も》み消した。

「研二は、まだ若いのに苦労人だ。妾って言っても金を貰《もら》っていたわけでもない。親父は否定してるが、研二のおふくろさんを若い頃に手込めにしたんじゃないかと思ってる」

「そんな」

そんな、って言いながらそんな話なんてその辺に転がっているよなって。そしてあの社長だったらそんな事もやりかねないなって。息子を眼の前にして言えないけど。

「嬉しかったよ。そんな風に言うと研二は怒るだろうけど、あいつが俺と同じ世界に飛び込んできたのがさ。しかも『スパイハンター』で共演する事になったんだぜ？　これは俺につぐないをしろって神様が言ってるんじゃないかってさ。あいつと一緒に俳優として一人前になって美味《うま》い酒を飲んで仲良くやってさ。一生兄弟なんて言えないんだけどな」

淋しそうに剛さんは微笑んだ。そうだ、僕は知ってる。『スパイハンター』で共演しているメンバーの中でも、剛さんと原さんは仲良しで、撮影のない時でもいつも二人で行動しているんだ。

でも、剛さんは、俳優として原さんの限界を感じ取っていたんだ。だから、誰にも知られないように撮影で偶然怪我をしたように見せかけて、原さんに自分のポジションを与えようとした。

「撮影中に怪我をしようとしたのは、今まで作り上げたイメージを壊さないように、ですか。事務所の事も考えて」

うん、って剛さんは頷いた。

「やっぱりチャコちゃん、頭が回るなぁ」

「そんな事もないと思うんですけど」

「いや、カンスケさんが弟子入りを許したのも、きっとピンと来たんだと思うよ。こいつはモノになるって」

「だといいんですけど」

アクション俳優がプライベートで怪我したなんて事になると、イメージはがた落ちだ。今まで育ててくれた事務所に申し訳ない。でも、撮影でアクション中に怪我をしたのならそれは名誉の負傷だ。イメージに傷がつかない。

「でも、絶対に失敗しないはずのスパイ〈黒田隼人〉は、何度もその計画を失敗してしまったんですね」

言ったら、剛さんが苦笑いした。

「その通りだ。どうもなぁ」

頭をボリボリ掻《か》いた。

「怪我しようと思っても、咄嗟《とっさ》に身体が動いてそれを回避しちまうんだよな。これは困ったもんでさ」

笑ってしまった。剛さんの運動神経は筋金入りだ。高校生の頃は体操部で、全国大会で優勝したって話もある。

「しかも今回はチャコちゃんにバレちまった。スパイ失格だよ」

「あのロープの切り口を見たら誰でもおかしく思いますよ?」

「それは、確かに失敗だった。まさかチャコちゃんがすぐにロープを回収するとは思ってなかったんだ」

上手い事怪我をしたら、すぐにマネージャーさんにロープを回収するように言う予定だったって。誰にも責任を負わせないためにって事にすれば気心の知れたマネージャーさんだったらわかってくれるからって。確かにそれはそうかも。

何より、『スパイハンター』はものすごい視聴率を取っている人気番組だ。問題が起きて番組が終わったりしたら、とんでもない事になってしまう。

「じゃあ、剛さん。またやるんですか。自分で怪我をして原さんに」

剛さんは、唇を歪《ゆが》めた。

「チャコちゃんなら黙っててくれるよな」

「それは」

いい事なんだろうか。

「頼む」

剛さんが、頭を下げた。

「怪我っていってもせいぜい二ヶ月か三ヶ月ぐらいだ。それぐらい俺が休んだところで『スパイハンター』の屋台骨は揺るがない。俺もいい休養になる。そして」

眼を細めた。

「その期間で、俺の代わりをするあいつが何かを掴めなかったら、それまでだ」

真剣な顔をして、剛さんはそう言って小さく息を吐いた。

★

「じゃあそれでチャコちゃんは納得して帰ってきちゃったの？」

夜になって仕事が終わった理香さんと銀座の〈カルチェラタン〉で待ち合わせて、全部話した。

「はい」

そうするしかなかった。

「僕がやめてくださいって言ったって、剛さんはやめないでしょう」

理香さんは、小さく頷いて溜息をついた。

「そうね」

原さんの出生の秘密も話してしまったけど大丈夫。理香さんがこの事を誰にも話さないのはわかってる。

「でも、確かに」

グラスを持ってウイスキーの水割りを一口飲んだ。

「原さんに関しては、私も剛さんと同意見ね」

「そうなんですか？」

そうよ、って頷いた。

「今のままじゃあ、俳優としては二流三流。仮に原さんがうちの事務所に入ってきたとしても、私も大きな仕事を取ってくる自信はない」

やっぱりそうなのか。僕も水割りを飲んだ。

「どこまで行っても実力の世界なんですよね。剛さんがそうやって何とかしたいと思っても、原さんに才能がなければ終わり」

「そうね」

でもね、って理香さんは続けた。

「才能は、何をきっかけにしてきらめき出すかわかんない。学生の頃からこの業界にいるけど、全然駄目って思っていた人が本当に小さなきっかけで大化けするって事もある」

そういうものなのかもしれない。

「トレインズだって、コントを始めなかったら」

うん、って理香さんは頷く。

「二流三流のミュージシャンで終わっていたと思う。だからこそ、おもしろいのよこの世界は。必要なものはただひとつ。皆を楽しませたい、と思う気持ちだけ」

それを心の中に持っていさえすれば、いつかそれが輝き出すかもしれない。

それこそ、星のように。

# 〈フラワーツインズ〉の哀歌

「こらぁー！　いい加減にしろぉ！」

お母さんに扮《ふん》したカンスケさんのだみ声が響いて、ナベちゃん、銀さん、たいそうさん、ピーさんが走り回る。

場面転換の音楽が鳴り出して、皆がそれぞれに上手《かみて》下手《しもて》にはけていって、〈ニック蒲原とニューバクスター〉が今日最初のゲストの曲のイントロを演奏し始める。

（よし）

今日もメインコントは上手《うま》くいった。何の失敗もなかった。先週の埼玉公会堂でとんでもない失敗があったから、今週は本当に皆がピリピリしていたんだ。

上手から〈フラワーツインズ〉さんが歩いて登場してきてスポットが当たる。会場からの拍手。二人は艶然《えんぜん》と微笑んで一礼して、新曲だっていう〈恋のノワール〉を歌い出した。

今日ステージに立つ出番がまったくない僕は下手でずっと進行補佐をやっていた。進行補佐っていっても全体に目配りをして大道具さんのセット転換を手伝ったり、ゲストの皆さんの足下を懐中電灯で照らしたり、要するに雑用だ。

「相変わらず上手いな」

声がしたと思ったら、さっき引っ込んでった銀さんが頭を手拭《てぬぐ》いで拭《ふ》きながらシャツとパンツ姿で隣に立っていた。銀さんは裏ではいつもそんな恰好《かっこう》だから誰も気にしない。次の出番はもう少し後だからまだ余裕があるんだ。

「上手いですよねぇ」

「あれだよな」

銀さんがまだ頭を拭きながら言った。

「声ってのはよ、年輪と一緒でな。重ねりゃア重ねるほど太さも深みもまろやかさも増すんだよな」

なるほどぉ、って一瞬思ったけど、よく考えたら年輪とあんまり上手に引っ掛かっていない。銀さんはその風貌《ふうぼう》と一緒で中々渋い事を言うんだけどよくわからないのも多い。

「わざわざ聴きに来たんですか？〈フラワーツインズ〉」

訊《き》いたら、手拭いを首に引っかけて頷《うなず》いた。

「トイレ行ってきた帰りだよ。まぁ久しぶりだからな。二人が歌うところ見るのも」

同じ事務所に所属してるからってよく会うとは限らない。そもそも僕たち所属タレントが事務所に顔を出す事なんか、新人以外は滅多にないんだ。

「確か、カンスケさんと銀さんは同じ頃に事務所に入ったんですよね。〈フラワーツインズ〉と」

「そうだな。随分前になっちまったけど」

〈フラワーツインズ〉の沙緒梨《さおり》と香緒梨《かおり》姉妹。年齢は確かもうすぐ三十歳になるんだけど、実はもう少し上のはずだ。十五歳の頃から芸能界で活躍していてもう十五年。ベテランだ。そして一世を風靡《ふうび》したのは確かだけど、今はそんなにたくさん露出していない。浮き沈みが激しいのは芸能界の常だ。そして新しいスターがどんどん現れる。人気が少しでも落ちてるってなると、ベテランの歌手が表に出られなくなっていく。

〈フラワーツインズ〉も《ボンボン・サンデー》でずっとレギュラーをやっていたけど、それが終わってからはレギュラーがなくなっている。反対に《ボンボン・サンデー》では後期のレギュラーでしかなかった〈ザ・トレインズ〉が、今ではこの人気なんだけど。

〈フラワーツインズ〉が歌い終わって上手に下がっていった。

「なんだよ下手下がりじゃないのかよ」

「上手ですよ」

銀さんがぶつぶつ言いながら裏に引っ込んでいった。下手に来ると思って待ってたのか。

「お疲れ様でしたー！」

今夜のステージも無事に終わった。そして明日の日曜日は本当に久しぶりに〈ザ・トレインズ〉の完全休。ボーヤである僕も当然何も仕事がない一日になる。

「帰ろうかなぁ、どうしようかなぁ」

楽屋で着替えながらナベちゃんが言った。

「福島にかい？」

ピーさんがまだでっかい腹を出したままの裸で、団扇《うちわ》で忙《せわ》しく煽《あお》ぎながら訊いた。

「盆にはまだ早いでしょうよ」

たいそうさんが糊《のり》の利いた白いシャツを着ながら言った。

「そうなんだけどさぁ」

ナベちゃんは、実はトレインズでは唯一の地方出身者だ。福島県生まれで、実家にはお母さんが一人暮らしをしているとか。意外と知られていないんだけど、他のメンバーは僕も含めて全員東京生まれの東京育ち。

「母ちゃん、具合でも悪いのかよ？」

銀さんが心配そうな顔をして訊いたら、ナベちゃんは小さく首を横に振った。

「そういうわけでもないんすけどね。こないだ電話したら、隣の仲の良かったおばさんが死んじゃったんだって随分落ち込んでたんすよねー」

あぁ、って皆《みんな》で頷いた。

「母ちゃん、何歳だっけ？」

「今年で六十歳」

「まぁそろそろ気弱な虫も出てくる頃だなぁ」

銀さんがうんうんと頷いた。ピーさんも大きく頷いたけど顎《あご》の肉もお腹の肉も震える。

「かといって、一日だけの休みで福島行って帰ってきたら疲れるんですよねぇ」

「まぁなぁ」

「でもあれですよ。ナベちゃんまだ若いんだから少し無理しても大丈夫じゃないの？」

たいそうさんが言う。

「親孝行したい時に親はなし、って言いますからね」

僕は詳しくは知らないんだけど、たいそうさんは幼馴染《おさななじ》みと結婚してる妻帯者で、実家もわりと裕福らしいんだけど、昔はいろいろあったみたいだ。

「行ってくっかなぁ」

「月曜日の本番に間に合えばいいさ。俺がカンスケに言っとく」

銀さんが言った。リーダーのカンスケさん以外は楽屋は広めの同じ部屋で、カンスケさんは狭いけど一人の楽屋だ。銀さんはあいつ一人だけギャラも高くて待遇もいいって時々思い出したように怒るけれど、そんな風にカンスケさんに言えるのは、昔馴染みの銀さんだけだ。

「じゃ、先に出ますー」

のんびり着替えている皆より先に僕は準備して、カンスケさんの方にも顔を出す。

「入りまーす」

ノックはしない。いつも声だけ掛けて扉を開けるんだけど、開けたらそこに女性がいた。

「あ」

びっくりしてしまった。開けられた扉に、思わず振り向いたその女性の頬に涙が流れているのが見えてしまったから。

「失礼しました！」

「おいおい待て待て！」

慌てて閉めようとしたけど、同じぐらい慌ててカンスケさんが言った。

「さっさと入れよ。何を変な気ぃ回してんだ馬鹿野郎。香緒梨ちゃんじゃねぇか」

「え？」

香緒梨さん。〈フラワーツインズ〉の、妹の方。香緒梨さんが微苦笑して、頬をそっと拭いて僕を見て笑った。

「チャコちゃんお疲れ様」

「あ、お疲れ様です！」

びっくりした。正直言って僕は〈フラワーツインズ〉の二人とも、ほとんどステージでの顔しか知らない。普通の、普段着って感じのお化粧の顔を見るのは初めてだったんだ。

こんなに、変な表現だけど、普通に奇麗な女性だったんだ。

「じゃあね、カンスケさん。悪いけどよろしくね」

香緒梨さんがにっこりカンスケさんに笑って手を振って、そしてくるっと回って僕の肩にポン、と手を乗せた。

「チャコちゃん、最近すごく舞台映えしてきたわよ」

「あ、ありがとうございます！」

お疲れ様、って香緒梨さんが楽屋を出ていった。ものすごくいい残り香がしている。

もっとも、歌手や女優さんはどんな人でもすごくいい匂いがするんだけど。

カンスケさんは、唇を突き出してへの字にしていた。それはカンスケさんのいつもの癖だけど。

「あのー」

訊いていいものかどうか迷ったけど。

「変な気ぃ遣うな。ちょいと昔話をしてな、それで笑い過ぎて涙がこぼれただけだ」

「はぁ」

やっぱり泣いていたのか。見間違いじゃなかったか。

「チャコ」

カンスケさんが、ぐいっ、と身体を前に倒して、眼の前に立っている僕を下から睨《にら》んだ。

「いろいろあるんだ。誰にも言うなよ。変な事じゃねぇんだから。な？」

「わかりました」

そう。いろいろあるんだ。本当にいろいろあるんだ。

でも僕は弟子としてじゃなく、ボーヤとして理香さんにしっかりと言い含められている。メンバーの間で、もしくはメンバーの誰かに何かあったら、スキャンダルの種になるような事や、若い女性マネージャーに言えないような出来事があったのなら、大事になる前にちゃんと教えてちょうだいねって。

★

「おい、チャコ」

びっくりした。

カンスケさんの楽屋を出てすぐ横の廊下の暗がりから、いきなりサングラスの男が出てきて腕を掴《つか》まれた。

サングラスを外したその顔は、プロデューサーのマッケンさん。

「マッケンさん？　そんなとこでなに」

「馬鹿黙れ」

口を押さえ込まれた。

「騒ぐなよ？」

いや酒臭い息でそんな顔の近くで喋《しゃべ》られたら騒ぎたくなりますって思ったけど、口を押さえられたので何も言えない。こくこくこく、って大きく何度も頷いたら放してくれた。

「何ですかもう」

マッケンさん。

もちろんすごく有能なプロデューサーだ。大角テレビで音楽やエンターテインメントの番組をやらせたらピカイチで、名前は他のテレビ局にだって轟《とどろ》いている。そもそもはジャズギタリスト。アメリカにも住んだ事があって、向こうにもいろいろコネがあるんだって。本人曰《いわ》くハッタリと調子の良さで世を渡ってきたらしいけど、その感性は日本人離れしているってカンスケさんも感心していた。

そしていつもスキットルにバーボンを入れて持ち歩いているんだ。アル中じゃないかと思うんだけど、別に暴れたりも手が震えたりもしていない。何かっていうとそれをくいっと呷《あお》ってから話し出すんだ。

マッケンさんがちょいこっちへ、って手招きするんでついていったら、空いている楽屋に引っ張り込まれた。

「マッケンさん僕はその気はないですし、あってもマッケンさんはちょっと」

「馬鹿野郎、誰がお前のケツを貸せって言ったよ」

「だってこんなところに連れ込んで」

空いているはずの楽屋に鍵《かぎ》が掛かっていてしかも中に電気が点《つ》いていなかったら、よほどの事がない限りはしばらく放っておく、っていうのはテレビ業界の常識だ。その中ではタレントの誰かと誰かがくんずほぐれつで汗を掻《か》いているかもしれないからだ。電気を点けようと壁のスイッチを上げたら、マッケンさんがすぐに下げて消した。

「やっぱりマッケンさん僕の事」

「いや違うって言ってんだろ！」

マッケンさんがぐいっと僕に顔を近づけてきた。酒臭い。

「さっき、香緒梨がカンスケの楽屋にいたろう」

「いましたね」

香緒梨さんが出て行くところか、あるいは入るところを見たんだろうか。

「何の話をしてたか聞いたか。盗み聞きできたか」

盗み聞きって。

「そんな事しませんよ。僕が入ったときにはもう話は終わっていたみたいです」

「どんな様子だった」

どんなって。まさか理由はわかんないけど泣いていたと正直には言えない。マッケンさんがどんなに才能溢《あふ》れるいい男でも、テレビ局側の人だ。そして僕たちは、タレントだ。

テレビ局の人間ととことん親しくなっても、結局は使う側と使われる側。向こうは雇い主のサラリーマンでこっちは雇われの自由業。常に一線は引いておきなさいよって理香さんにも言われている。

「別に普通ですよ。同じ事務所なんだから楽屋で世間話してたって全然おかしくないでしょ。何を変に勘ぐってんですかマッケンさん」

そう言ったらマッケンさん、むぅ、って唸《うな》って顔を顰《しか》めた。暗い部屋でドアの窓から廊下の明かりが入っているだけだから、顔の陰影が強調されて妙に渋い男に見える。マッケンさん、普通にしていれば俳優もできそうな味のある顔なんだよね。

「実はな、チャコ。この間な、香緒梨にオレはコナかけられたんだよ」

「嘘つけぇ」

びっくりして思わず言ってしまったけど目上の人に対する口調じゃなかった。でも、マッケンさんは何も気づかない風に頷いた。

「そう思うだろうが嘘じゃねえ。オレだって百戦錬磨の天下の大角テレビプロデューサー様よ。何かピンと来てその誘いに乗らなかったがな」

「本当ですか？」

「こんな事でお前に嘘ついてオレに何の得があるってんだよ！」

確かに。酒の席での与太話ならともかく、こんな場所で嘘をついてもどうしようもない。

「気をつけろよ。昔馴染みだからってよ、うっかりカンスケが香緒梨に手を出しちまったら〈フラワーツインズ〉を《土曜だ！　バンバンバン！》のレギュラー枠に入れてくれってふっかけられるぞ」

そんな。

「いくら何でもそれはないでしょ。仮にあったとしても、マッケンさんがプロデューサーなんだから、許さなきゃ平気でしょ」

「馬鹿野郎。トレインズの《土曜だ！　バンバンバンバン！》は今や大角テレビのドル箱なんだぞ。大スターだぞ。そのリーダーが同じ事務所のベテランを番組にちょいとよろしくって事になったら、こっちはいや無理ですからって簡単には無視できねぇだろうよ」

確かにそうか。事務所としてはタレントのレギュラー番組が増えるのは万々歳だから何も文句は言わないだろうし。

「でも今は〈スイート・スリー〉がいるんだし」

「別のコント枠を、五分でもいいから作って〈フラワーツインズ〉を使うってカンスケが企画出したらどうなるよ。全員が、ん？　って一瞬考えた後に、まぁあの二人なら歌も踊りも上手くてしかもコントも笑えるし、ってんで納得しねぇか？」

「しますね」

してしまう。《ボンボン・サンデー》で長年一緒にやってきたから勘所も押さえているし、全然ストレスなく同じ舞台に立てると思う。

「でもよ、こっちはよ、〈スイート・スリー〉みたいな若い新しいアイドルをこの番組から生み出したいんだよ。スターにして番組の売りにしたいんだよ。悪いけど〈フラワーツインズ〉みたいなベテランはいらねぇんだ。ゲストとしては何の問題もねぇけどよ」

「だったらカンスケさんが言い出したときに、そう言えばいいじゃないですか」

「言えねぇから、お前に言ってんだよ！」

パン！　って手に持っていた台本で頭を叩《たた》かれた。

「いくらオレとカンスケの付き合いでもよ、言えば角が立つって事もあるのよ。この世界の仁義ってもんがな。その点チャコならそういう柵《しがらみ》が何にもねぇから頼んでんだ。とにかく、気をつけとけ！　カンスケだけじゃねぇぞ。銀治とかもよ」

マッケンさんが腕をブンブン振りながら楽屋のドアを開けて出ていった。香緒梨さんがカンスケさんにコナかけて仕事を増やそうとしている？

「そんな事するわけないじゃないか」

楽屋を出ながら思わず呟《つぶや》いちゃったけど、そう言いながらありえない話じゃないよなって思ってしまった。仕事を取ってくるのはもちろんマネージャーの仕事だけど、テレビのレギュラー取りはマネージャーの力が及ばない事も多いんだ。ましてや〈フラワーツインズ〉のマネージャーはこの間ベテランから新人さんに代わったばかりのはずだ。

新人さんに代わるのは、放っておいても仕事が入る人気者だから管理だけしていればいいからか、仕事が減る一方だけどベテランだから新人さんに経験を積ませたいからかのどっちかだ。〈フラワーツインズ〉の場合は明らかに後者。そういうのを不服とするタレントだっているけれど、余程の大御所にでもならないと文句を言ったってしょうがないんだ。自分の人気がない事を棚に上げるんじゃねぇって言われるのがオチなんだ。

そして、確かにマッケンさんがこんな嘘を僕につくはずがない。

「どしたいチャコ」

「あ、銀さん」

ボーッとしていたらしい。帰ろうとしていた銀さんが眼の前にいた。

「皆さんは？」

「もう帰ったぞ。お前はどこに行ったかなって」

皆を見送るのは僕の仕事だったのに。いや仕事じゃないけどそれが役割だったのに。

「いや、ちょっとマッケンさんに捕まってて」

素直に言った。

「何だよ。ダメ出しでも喰《く》らったか」

プロデューサーは直接タレントに文句は言わない。マネージャーを通すのがそれこそ仁義ってもんだけど、トレインズの場合は理香さんより僕に何か言ってくる事も多い。忙しい理香さんはレギュラーの《土曜だ！　バンバンバン！》の現場には来ない事も多いからその方が話が早いし、皆への通りもいいからだ。

どうしようか一瞬考えたけど。

「銀さん、今夜はどっか繰り出しますか？」

「いや？」

軽く首を横に振った。

「四十過ぎにもなってこんな現場やってるとよ、さっさと帰って風呂入って一杯かっくらって寝るに限るってな」

　銀さんはカンスケさんと同い年。

「どっかで一杯やりませんか？」

　じゃあうちに来いよって銀さんに言われて、図々《ずうずう》しくもマンションにお邪魔してしまった。カンスケさんとナベちゃんとピーさんの自宅には行った事あるけど、銀さんの家は初めてだった。そもそも銀さんは、全員揃っての打ち上げは別として、あまり誰かと連れ立ってどっかに行くって事がないような気がする。大抵一人でさっさとどこかへ行ってしまう事が多い。

「わ」

　神田須田町《かんだすだちよう》の、神田川《かんだがわ》のすぐ脇にある五階建てのマンションの五階。玄関のドアを開けて電気を点けた途端に眼に飛び込んできたのは、本の山。山っていうか、本だらけ。まるで古本屋みたいに歩くスペース以外には全部本が積んであるんじゃないか。

「スゴイっすね」

「別にすごかねぇよ」

　銀さんは笑ってそのまま居間に入っていって服を脱ぎ出した。これ、扉も全部開けっ放しにしてそこにも本が積んであるからもう扉が閉まらない。ステテコとシャツ一枚になった銀さん。見慣れているから何とも思わないけど、家でもやっぱりその恰好でいるんだ。

「その辺に座ってろ。今つまみと酒を出してやるから」

そう言って銀さんは台所に立ったけど、座るスペースがどこにあるんだろう。焦げ茶色のくたくたになっているソファの上も本だらけだ。

「これ、本を動かしてもいいんですか？」

「いいぞー」

銀さんが冷蔵庫を開けたり何かを切ったりしていると思ったらフライパンを出して何かを炒《いた》めている。つまみっていうからチーズとかハムとかを切るだけかと思ったら、料理するんだ銀さん。

ガラスの灰皿の中も吸い殻で一杯だ。あと二部屋ぐらいあるかんじだけど、そこも本で一杯なんだろうな。

銀さんは、その風貌には全然似合わないんだけど、大学は文学部だ。カンスケさんが前にあいつは小説を書いてるって言ってた。実際、〈ザ・トレインズ〉のオリジナルの曲の歌詞はほとんど銀さんが書いているんだ。音楽やってコントをやってその上文学にも通じているって、銀さんはまったくその強面《こわもて》でおっさん臭い風貌に似合わない才人なんだ。

「ほらよ」

銀さんが持ってきたのは、何か平べったいお好み焼きのできそこないみたいな料理と、焼きうどん。

「これ、何ですか？」

「スペイン風のオムレッツだ」

「オムレツ！」

「ウイスキーでいいだろ？」

棚からバーボンとグラスを出してきた。

「銀さん、料理上手いんですね」

「上手いっていうか」

氷も冷凍庫から持ってきて、グラスに入れて水割りを作ってくれた。

「俺らはこんなのできて当たり前だ。若い頃から色んな店で皿洗いからウエイターから厨房《ちゅうぼう》までやってきたからな」

「そうですよね」

トレインズでは、カンスケさんと銀さん、ピーさんが四十ぐらいで大体同じだ。ナベちゃんとたいそうさんが二十五と二十八だから一回りぐらい違う。

「あ、旨《うま》いですねこれ」

「だろう？」

「カンスケさんも銀さんも独身なのはこれのせいですかね？」

一人で何でもできちゃうんだ。

「モテねぇからに決まってんだろ」

笑った。

「俺もカンスケもよ、女にモテるからって音楽始めたのによ。全然だまったく」

それは前に聞いた。音楽始める動機なんて大体そんなもんだって皆が言うんだ。

「でも、二人とも音楽を始めてから再会したんですよね？　幼馴染みだったけど、しばらくは離れちゃって全然関係なかったって」

そうだなって頷いた。

「驚いたよな。でかくて妙に顔の細長いベースマンがいると思ったらカンスケでよ。向こうは向こうで妙にガラが悪くて背の低いピアニストがいると思ったら俺でよ」

ミュージシャン仲間では有名な話らしい。

当時、お互いに所属していたバンドがあって、どういうわけか、同じクラブで演奏する日がダブルブッキングで被《かぶ》っちゃって、楽屋で一触即発の雰囲気になったときに、二人が突然名前を呼び合って駆け寄って抱き合って喜んでいたって。

「でもそんときには銀さん、もうピアノを止めようと思っていたって」

「そんなの話したのか？　カンスケの野郎」

銀さんが苦笑いした。

「や、聞いたのはそれだけですけど」

そうだなぁ、って銀さんは頷いて、煙草を一本取って火を点けて煙を吐いた。

「女にモテたいって音楽始めて、ハコバンになっていっぱしのプロのつもりで演奏したって所詮《しょせん》はただのクラブのバンドよな。スポットライトを浴びるでもなく、儲《もう》かるわけでもなくてよぉ。あの頃は、てめぇの歩いている道の先がまったく見えねぇってな」

溜息《ためいき》をついた。

「まだチャコはそんな経験はねぇだろう。歩こうとしている道の先がよ、何にもねぇんだよ。真っ暗闇なんだ。戻ろうとしても違う道を歩こうとしても、どっちへ行ったらいいかわかんねぇってな」

銀さんは顔を顰めたけど、その皺《しわ》の深さは今まで見た事ない感じだった。考えたけど確かにわからなかった。

「ないですね。そんな経験」

僕は、〈ザ・トレインズ〉に憧《あこが》れて押しかけたら、弟子になれたんだ。きっとものすごく運が良くて、そして今まで自分の歩く道が見えないなんて事は一度もない。

「そんなときにカンスケに再会してよ。懐かしくてな。飲みに行って酔っぱらってそんな話をしてよ。もうバンドは辞めて真っ当な仕事を探そうと思うって言ったらよ、あいつは言うんだよ」

「何てですか？」

「『お前は先が見えねぇって言うけど、そりゃお前の背が低いからだろ』ってよ」

「はい？」

銀さんが笑った。

「昔っからチビだったもんなってよ。しまいにゃ『俺は背が高くて向こうが見えるから、ついてくりゃいいさ』ってきたもんだ。呆《あき》れて笑っちまったよ。人が真剣に人生に悩んでるのに、背が低いから先が見えねぇんだってなんだよってな」

「本当ですね」

でも、カンスケさんの言いそうな事だ。銀さんは何か、優しい笑顔になってグラスを持って一口飲んだ。

「だから、俺も言い返してやったよ」

「何てですか？」

「お前は背がでか過ぎて足元が見えねぇんだろうってな。だったら俺が足元に気をつけてやるよってな」

懐かしそうな表情で銀さんはそう言った。それで、〈ザ・トレインズ〉の原形ができあがったんだ。カンスケさんと銀さん。幼馴染みの二人の出会いがあったから、そして互いに互いを支え合えばこの世界で生きていけるって思ったから。

「すごいですよね。それで、ここまで来ちゃってるんですから」

「まぁなぁ」

煙草を吸って、煙を吐いた。

「こんなところに来るなんて思ってなかったけどよ。せいぜいが自分たちのバスを持ってよ。楽器乗っけて皆で日本全国のクラブやら回ってよ、毎日演奏できて暮らしていけりゃいいなぁってな」

「それがいまや全国の子供たちの人気者ですよ」

自分たちで運転するバスなんかじゃない。飛行機やグリーン車で移動する毎日だ。

「で？　何か相談したい事があんだろ？」

「相談というか、さっきカンスケさんの楽屋でなんですけど」

素直に話した。〈フラワーツインズ〉の香緒梨さんがカンスケさんの楽屋に来て泣いていた事。その後にマッケンさんが言っていた事。

銀さんが思いっ切り顰めっ面をして、顎を右手でさすった。それから、うーん、って唸って考え込んだ。

「香緒梨が、泣いていたってのは本当なんだな？」

「はい」

それは間違いない。あの奇麗な頬に涙が伝っていたのを僕は確かに見た。

「そして、笑い過ぎて出た涙じゃないです。そんな雰囲気ではまったくなかったです」

むぅ、って銀さんはまた唸って、煙草を吸った。ボリボリと頭を掻いて、僕を見た。

「お前は何にも知らないもんなぁ」

「何をですか」

「俺とカンスケと〈フラワーツインズ〉の昔話よ」

頷いた。昔から一緒の事務所でやってきたって事だけだ。

「沙緒梨と香緒梨はよぉ、俺たちがこんな風になるずっと前からスターだったよな」

「そうですね」

「でも、事務所に入ったのは同じ頃だったんだよな。同期って言ってもいい。あの頃はまだ事務所もそんなに大きくなくてよ。理香ちゃんだってこんなちっちゃいガキだったぜ」

銀さんが笑いながら右手の平を下にして、子供の頭を撫《な》でるような仕草をした。そうだよね。理香さんはまだ二十四歳。トレインズが結成された頃は小学生だ。もちろん僕だって小さかった。

その頃から〈フラワーツインズ〉は輝いていた。双子の可愛らしい女の子で、歌がものすごい巧《うま》くて、踊りも上手で、彼女たちが歌う外国の曲を僕たちは何て言ってるのかもわからないで、真似して歌っていたんだ。

「当時はよ、ジャズでもポップスでもハワイアンでも何でも演奏できるバンドって、事務所には俺たちだけだったんだよ」

「そうなんですか」

「だからよ、沙緒梨と香緒梨が歌の練習をするときにはな、よく俺たちがバックで弾いてたよ。スタジオなんて洒落《しゃれ》たもんもなくてな。社長の自宅の部屋でぎゅうぎゅう詰めになってよ」

　銀さんが懐かしそうな表情をする。

「あいつらは人気者になってもさ、所詮は秋田の田舎から出てきた小娘でよ。俺とカンスケは東京生まれの東京育ちよ。何かっつうと俺たちを頼りにしてな」

「お兄さんみたいだったんですか。東京での」

「そうだな」

　うん、って銀さんが頷く。

「右も左もわからねぇ沙緒梨と香緒梨を引っ張って、あちこちメシを食いに行ったりしてたよ。もちろんまだしょんべんくせぇガキだったから、俺たちも変な気なんかこれっぽっちも起こさなかったぜ。ましてや」

　銀さんが一度言葉を切った。僕を見て、少し眼を細めた。

「チャコは、カンスケの家族の話なんか聞いた事ねぇだろ？」

「ないです」

　カンスケさんは東京生まれだけど、テレビの仕事を始めてからは実家を出て一人暮らしをしている。実家ではまだお父さんお母さんが元気にしてるっていうのは知ってるけれど。

　そう言うと、銀さんは頷いた。

「あいつぁ、妹を亡くしているんだよな」

「妹さんを？」

こくり、と、銀さんは頷く。煙草の煙をゆっくり吐き出した。

「さっちゃんだ。まだ俺とカンスケが近所に住んでたガキの頃の話だよ。さっちゃんは生まれた時から身体が弱くてよ。俺は後から知った話だけど、医者からも長くは生きられねぇなんて言われていたらしい。それが、その通りになっちまったんだ」

「その通りって」

「ある日、夜中に熱を出してそれっきりだったらしい」

何も言えなくてただ頷いてしまった。小さい子供が死んでしまうのは本当に悲し過ぎる。

「子供心にもよ、可哀想でしょうがなくてなぁ。さっちゃん、身体弱かったから外で遊べなくてよ。俺も何度かあいつの家に行ってよ、さっちゃんが横になってる蒲団《ふとん》の脇でカンスケとふざけ合って笑わしてたんだ。あの子を楽しませてあげたくてな。思えばよ」

銀さんが溜息をついた。

「カンスケがよ、音楽やっても人を笑わせてぇって必ずネタをふってたのもよ。小さい頃から妹のさっちゃんを笑顔にさせてぇ、喜ばせてやりてぇってずっと思っていたのがあったからなんだなって思ったよ。あいつはよ、きっと今でもさっちゃんを笑わせてぇって気持ちでステージに立ってんだよ」

そんな事があったのか。

「さっちゃんですか」

「幸子《さちこ》ちゃんな」

溜息をついて、グラスからウイスキーを飲んだ。思えば、カンスケさんがどうしてずっとギャグをかましてくるのか違和感を覚えた事がある。あの人は、すごいミュージシャンでもあるんだ。いい男じゃないけど渋くて、ただベースを弾いていれば一流のミュージシャンにもなれたかもしれない。

それなのに、あの人は昔から必ずステージでギャグをかましていたんだ。それはテレビに出る前からずっとだって言っていた。ギャグが好きなだけじゃない。お客さんに笑ってもらいたくて、笑顔になってほしくてやっていたんだ。

「ま、そんなのもあってよ」

銀さんが続けた。

「カンスケは沙緒梨と香緒梨の事も本当に妹みてぇに可愛がっていたよ。今だってその気持ちに変わりはねぇし、沙緒梨と香緒梨だってその事はよっく知ってる。だから、香緒梨がカンスケにコナかけるなんて事はありえねぇ。そりゃあ間違いねぇよ」

「ですよね」

「けど」

うん、って頷いて銀さんは腕を組んだ。

「泣いていたってのは、何かな」

「ですよね」

「そして、マッケンだってそんな嘘をつくはずねぇ。香緒梨がマッケンに言い寄るはずはねぇから」

そこで言葉を切って、少し考えた。

「涙の理由が気になるな。カンスケに訊いてみるしかねぇか」

★

今週は丸一日の休みがない。そして休みがなくて〈ザ・トレインズ〉で活動しているときには、いつも五人、僕も入れて六人が一緒に行動してる。

野郎同士で、しかもいつも同じ顔を突き合わせていると墓場にいるような気分になってくるぜ、っていうのは銀さんのお決まりの台詞《せりふ》なんだけど、本当にそうだと思う。営業先で本番前の楽屋にいるときの五人は、ほとんど何も話さない。もちろん必要な事は話すけれど、眼を合わす事も少ない。

「銀の字よ、三曲目ド頭で椅子から落ちてくれよ。落ちた瞬間に始めるから」

「おう」

「たいそう、二曲目のソロ、四小節増やそうや」

「了解っす」

「ナベよ。ハゲかつら持ってきたか？」

「ありますよ」

「ピー、寝るなよ」

「うん」

そういう会話をそれぞれ別の事をしながら、背中合わせだったり下を向きながらだったりでしていくんだ。だからって仲が悪いわけじゃない。余計なエネルギーを使いたくないんだ。顔を合わせて話し出すとあれがどうしたこれがどうしたって侃々諤々《かんかんがくがく》になったり、あるいは悪のりしてバカ笑いで疲れてしまったりする。

「カンスケよ」

銀さんが煙草を吹かしながら言った。

「終わったら、今晩空いてるか？」

カンスケさんが顔を上げて、ちょっと首を傾げた。日曜日の今日のステージが終わったら、今夜はオフだ。

「空いてるぜ」

「じゃあ、ちょいと付き合ってくれよ」

「いいぜ」

たいそうさんとナベちゃんは何だろう？　っていう顔を一瞬したけれど、ピーさんは椅子に座ったまま眼を閉じて寝ていた。いや違った。起きてた。ただ黙っていただけだった。

ステージが終わった後に、カンスケさんと銀さん、そして僕でタクシーに乗った。僕が助手席で、カンスケさんと銀さんは後ろ。

「何だよ、チャコも一緒に行くのか」

「すみません」

カンスケさんは言った後に、ふーん？　とか言いながら銀さんの方を見た。

「たまに二人きりでメシでも食うのかと思ったら違うのか」

「まぁいいじゃねぇか。〈良永《よしなが》〉を予約しといたからよ」

「〈良永〉たぁ張り込んだな」

鰻《うなぎ》の名店だ。とても僕の給料じゃ入れないけれど、銀さんやカンスケさんなら全然平気だし、カンスケさんは鰻が大好きだ。

「チャコ」

タクシーが走り出したら、カンスケさんが呼んだ。

「はい」

「お前、銀の字に話したな？　香緒梨の事を」

やっぱりわかってしまったか。

「すみません！　でも、実はマッケンさんが」

「マッケン？」

タクシーの中で話す事じゃないけど、この間楽屋を出たらマッケンさんに気をつけるように言われた事ぐらいなら、平気だ。運転手さんも何の事やらわからない。

カンスケさんは、むぅ、って唸った。

「まぁ怒るなカンスケ」

銀さんだ。

「チャコだって大変なんだぞ？　理香ちゃんだってマッケンだって何でも細けぇ事を全部チャコに押し付けるんだからよ」

「わかってるよ」

カンスケさんが、息を吐きながら座席に凭《もた》れ掛かった。

「まぁその話はな、銀の字に相談しようとは思っていたんだ」

「そうなのか」

「そうなんだ」

銀さんが顔を顰めた。

「おめぇが俺に相談するって事は、相当に厄介なんだな？」

カンスケさんが煙草に火を点けて、窓ハンドルを回して少し窓を開けてから煙を吐いた。

「厄介だ。相当に困ってるんだ」

★

〈良永〉は木造三階建ての、けっこう珍しい建物なんだ。

創業は江戸《えど》時代まで遡《さかのぼ》るんだけど、その頃には旅籠《はたご》を営んでいたらしい。メシが旨いって評判を呼んで、明治になってからは料理屋に営業形態を変えて建て増しをして三階建てになった。なので、外から眺めるとちょっと全体的にアンバランスな感じがある。でも、そこがまたおもしろいんだ。

老舗《しにせ》の名店だから鰻が旨いのはもちろんだけど、料理は何でも旨い。そして二階、三階は小さく区切られた座敷になっていて、人目を忍びたい芸能人や、ひそひそ話をしたい政治家なんかもよく利用してるって話。

仲居さんに四畳半の小さな部屋に通されて、紫色の座布団に腰を落ち着けた。

「チャコは鰻丼《うなどん》の方がいいか」

「そうですね」

ご飯をたくさん食べたい。

「じゃあこいつには鰻丼の上をさ、二人前一緒に持ってきてよ。肝吸いも付けてやってね。俺たち二人は鰻重で。あと、つまみも適当に持ってきてくれよ。日本酒ね」

銀さんが慣れた感じで頼んで仲居さんが引っ込んでいくと、カンスケさんはひとつ息を吐いてお茶を一口飲んだ。銀さんは煙草に火を点けた。紫煙が部屋の中に流れていく。

「それで、どうしたよ。香緒梨が面倒事を持ってきたのか」

「まぁなぁ」

言いながらカンスケさんが僕を見た。

「チャコ、絶対に他言無用だぞ？　たとえ親でも、もちろん理香ちゃんにも社長にもだ。ここの三人以外には絶対に知られるなよ」

「わかりました」

カンスケさんと銀さんには絶対的な信頼関係がある。だからどんな話をしても大丈夫って思っているんだ。もしも漏れるとしたら確かに僕からかもしれない。ここは気を引き締めて、顔も引き締めた。

カンスケさんが唇を突き出して顔を顰めた。

「俺にもまだわかんねぇところもあるんだけどよ、最初から話すぞ。沙緒梨がよ、香緒梨じゃないぞ、沙緒梨がな、新田《にった》慎悟《しんご》と付き合ってるんだってよ」

「えっ！」

「あぁ?!」

銀さんと二人で同時に声を上げてしまった。

「シンゴとぉ?!」

「声がでけぇよ！」

「あぁ済まねぇ」

そう言って銀さんが慌てたように煙草を吹かして煙を吐き出した。僕もびっくりして思わずお茶を一気に飲み干してしまった。

「いやしかしびっくりだな」

「本当なんですか？」

「本当だ。本人たちはもう結婚を考えているらしい」

「結婚までかよ」

あのシンゴが。新田慎悟。

周りにはシンゴって呼ばれてる。GSの人気グループだった〈ザ・バーディ〉の頃から、GSのボーカルではルックスも歌唱力もナンバーワンっていう称号を貰《もら》っていて、シンゴの親衛隊なんか日本一数がいるんじゃないかって言われていた。〈ザ・バーディ〉が解散してからもソロ・シンガーとして活躍し続けて、けっこうなベテランになった今も文字通りのトップスターだ。

「香緒梨がそう言ってんだ。間違いないだろうよ」

「いやそれなら本当だろうよ。そんな気配まったくなかったからよ。本気だな。本気で二人は付き合っていたんだな」

銀さんが心底感心したように頷いていた。そう思う。僕もこの業界に入ってわかったけど、人気芸能人同士の恋って、大変なんだ。本当に本当に大変なんだ。

同じ事務所ならまだしも違う事務所同士だったら絶対にマネージャーにも話せない。だから、本気じゃなかったら脇が甘くなって会っているところを見られたり、どっかから必ず漏れて噂になったりするんだ。

今までシンゴも沙緒梨さんもそういう浮いた話はまったくなかった。二人が会っているような記事が今までまったく出なかったのに、結婚まで考えるぐらいになっていたっていうのは、二人が本気の証拠だ。

何たってシンゴが所属しているのは、うちとライバルと言ってもいい大手の事務所の関西《かんさい》エンターテインメントだ。大手の事務所同士のトップスターの恋なんて、よっぽどの事がないとうまくやっていけない。

完全に、完璧《かんぺき》に隠していたんだ。

「どうやって会っていたんですかね」

「シンゴか沙緒梨がどっかに部屋借りてんだろうな。あの二人が会おうとするとそれしかねぇよ」

「そうですよね」

沙緒梨さんは、いや〈フラワーツインズ〉なら誰かと密会してもまだマスコミの眼を擦り抜けられると思う。人気が落ちてきたベテラン女性歌手ならよっぽどの事をしないと〈売れる記事〉にはならない。だからマークしたりなんかしない。

でも、シンゴはまだ別格だ。沙緒梨さんと密会していたなんて事がわかったら大騒ぎになっている。

「で？　沙緒梨とシンゴが付き合ってるからって？　香緒梨が言ってきたってか？」

そこに、仲居さんが料理を運んできたので皆で黙った。煙草を吹かしたり、お茶を飲んだりして料理が並べられていくのを眺めていた。

「よし、まぁ食おうぜ。喉《のど》を通らなくなったら困る」

「そうなるかもしれんぜ」

カンスケさんが頷きながら言った。二人が結婚を考えているっていうだけなら、びっくりしたけどおめでたい話だ。それなのに、鰻が喉を通らなくなる相談事って何なんだ。

「一杯行くか」

「おう」

銀さんがカンスケさんに日本酒を注いであげて、僕は鰻丼に箸《はし》を突っ込んで熱々の鰻とご飯を口に放り込んだ。美味しい。芸能界に入って良かったかなって思うのは、こうやってたまに贅沢《ぜいたく》なものを奢《おご》ってもらえる事だ。普段はラーメンとかそんなのを食べてるんだけど。

「で？」

銀さんが言って、カンスケさんがくいっとお猪口《ちょこ》を傾けたあとに頷いた。

「二人は結婚したいと思ってる。つまりそれだけ深い仲ってことだ」

銀さんと二人で頷いた。もう沙緒梨さんもシンゴも三十過ぎなんだから、年齢的にはいつ結婚したっておかしくない。

「なんだかんだで二人はもう五年も付き合っているんだってよ。ところがな、沙緒梨がどうしても結婚に踏み切れないでいるらしい」

「何でだ」

「それがな」

カンスケさんが鰻重を奇麗に正方形に箸で模《かたど》って口に運んで食べた。

「沙緒梨が、香緒梨もシンゴのことを好きなんじゃないかって思っているからだそうだ」

「ん？」

「え？」

また銀さんと二人で同時に声を出してしまった。

「沙緒梨さんが、そう思ってるって事ですか？」

「そうだ」

「でも香緒梨はそんな事ないって言ってるってか？」

「そういうこった」

うん？　と、銀さんが首を捻《ひね》った。僕も箸を持ったままちょっと天井を見上げて考えた。

「それってよ」

銀さんが顔を顰めながら言った。

「結構、深刻な感じでの話なのか？　香緒梨がお前に相談してくるってのは、よくわかんねぇんだが」

「それよ」

カンスケさんが、箸をひょいと動かして言った。

「何か誤解があるんならそれを解けばいいだけの話じゃねぇか。双子の姉妹だぜ？　あの二人の仲の良さは銀の字だってよく知ってるだろ」

「もちろんだ」

「それなのにな、香緒梨は言うんだよ。俺に『恋人のフリをしてくれないか』って」

恋人のフリ？

「誤解を解くには、自分にも結婚を考えている男性がいる。つまり、シンゴの事なんか何とも思っていないとはっきり沙緒梨にわかるようにしなきゃならん、だから、自分も恋人を沙緒梨に見せつけるのがいちばんいいんだ、とな」

「その恋人が、カンスケさんって？」

渋面を作ってカンスケさんが頷いた。

「自分には今恋人なんかいない。だから偽物の恋人を作らなきゃならないけど、その辺の男に頼めるような話じゃない。こんな事を頼めるのは俺ぐらいしかいねぇってんだよあいつは」

「それで、泣いてたのか？」

「もうこれしか方法がないんだってな。後生だから恋人になったフリをしてくれってよ」

唸りながら銀さんが腕を組んで考え込んだ。僕も、同じように唸ってしまった。話としてはわかったけど。わかったけど、よくわからない。

「つまり、香緒梨さんとシンゴとの間に何かがあったのを、沙緒梨さんが知ったって事なんでしょうか？」

そういう話でもないと、沙緒梨さんがシンゴと香緒梨さんの仲を誤解するなんて事は。

「ありえませんよね？」

そう言ったら、カンスケさんは首を横に振った。

「わからん。俺も訊いたよ。シンゴとの間に何かがあったのかって。でも絶対に何にもないって香緒梨は言うのさ。シンゴの事なんか何とも思ってないってな。じゃあ、どうして沙緒梨が誤解してるんだって問い詰めたら、それは言えないってよ」

「言えねぇのか。言えねぇって事は、何か他の事情があるって話じゃねぇか？」

銀さんが言った。

「それを話さないのさ。何にも訊かないで頼むから恋人のフリをしてくれって言うから、困ってんだよ」

むぅ、って銀さんが唸りながら頷いた。

「そういう話か」

「そういう話よ。どうよ、銀の字お前何か心当たりはねぇかな？　沙緒梨や香緒梨やシンゴの間の事情に」

「ねぇよそんなの」

「チャコは、もちろんないよな」

「あるわけないですよ」

まったくわからない。

「でも、カンスケさん。恋人のフリをしてくれって、たとえばお二人で沙緒梨さんに実は付き合ってるって話すって事ですかね？　そんなんで沙緒梨さんが納得してくれるんでしょうか？」

「そこも」

カンスケさんは溜息をついた。

「わからねぇよ」

「そんなもんで納得するんなら、カンスケに頼まねぇんじゃないか？　下手したら記者会見でもしなきゃならねぇとかよ、そういうレベルだろ」

カンスケさんがまた溜息をついた。

「そういう話だよな」

「それは」

カンスケさんは確かに独身だから問題ないだろうけど。

「どうなんですかね？　仮に後で破局になったって事にするにしても、香緒梨さんに傷が付くような感じで」

そう言ったけど、よく考えたらそうでもないのかって思ってしまった。銀さんが肝吸いを飲んで、頷いた。

「今更傷が付くような年でもねぇよな香緒梨は。むしろカンスケなら、昔からの付き合いがあるんだし、案外世間的には好意的に迎えられるんじゃないか？」

「香緒梨はな。俺にしてみりゃあ、後から香緒梨を捨てた男って事になっちまうだろうが、まぁ実際に結婚したわけでもなきゃどうって事もないだろうけどよ」

「どうって事もなくはねぇよなお前は」

銀さんがカンスケさんを見ながらそう言うと、カンスケさんはちらりと銀さんと眼を合わせて、唇を突き出した。

「滅多な事言うんじゃねぇよ」

何故か、カンスケさんが低い声で銀さんに言った。銀さんが、ひょいと肩を竦《すく》めて見せた。何だろう。何かあるんだろうか。今の感じなら銀さんはカンスケさんの女関係について言ったと思うんだけど。

実は、カンスケさんのそっちの方の事情はまったくわからないんだ。たいそうさんとピーさんは所帯持ちだ。ナベちゃんは適当に週刊誌に嗅《か》ぎつけられない程度に遊んでいる。銀さんは独身で主に水商売の人専門だしこういう人だから騒がれたりしない。

でも、カンスケさんが遊んでいるっていう話は全然これっぽっちも入ってこないんだ。酒は飲むけどホステスさんと何かあったってことも一切ないし、そっちの女性と遊んだりもしない。

ある意味ではものすごい堅物。僕がカンスケさんを見ていたら、カンスケさんが舌打ちして言った。

「見ろ、お前が余計な事を言うから、チャコが感づいちまったじゃないか」

「しょうがねぇだろ話の流れだ。チャコの口が堅いのはもうわかってるだろうよ」

「わかってたって言えない事もあるだろうよ」

「いや、いいですよ」

慌てて手を振った。

「別にカンスケさんのそっちの事情を知りたいわけじゃないし。ただ、香緒梨さんと付き合ってるって世間に嘘をついても、支障はないのかなって心配しただけで」

言ったら、カンスケさんは小さく息を吐いた。

「支障がねぇなら、こんなに悩まないんだけどよ」

あるんだ。支障が。つまり、カンスケさんは独身だけど、好きな人がいるとか実は大事な女の人を囲っているとかそういう事か。

「チャコ」

「はい」

銀さんがにやりと笑った。

「誤解すんな。こいつに秘密の女を囲うような甲斐性《かいしょう》があると思うか？　こんな背の高いゴリラみたいな男に」

「うるせぇよ。お前は背の低いオランウータンだろうが」

どっちもどっちだ。カンスケさんがお猪口に自分でお酒を注いで、くいっと飲んだ。そして、僕を見て言った。

「好きな女がいるんだよ。もう長い間、ずっとな」

ずっと、って事は、片思いって話なのか。カンスケさんはそのまま黙ってしまったので、銀さんが続けた。

「お前の知らない、バンド仲間の奥さんだった人なんだよ」

銀さんはひとつ息を吐いた。

「奇麗な人でな。旦那《だんな》になったのは、カンスケとは俺よりずっと前から一緒にやっていたミュージシャン仲間さ。ゲンっていうな。ゲンとカンスケと美子《よしこ》ちゃんは、まぁあれだ。よくある三角関係ってやつだったのさ」

「下衆《げす》な言い方すんじゃねぇよ。そんなんじゃねぇ」

カンスケさんは静かに言った。

「俺は、端《はな》っからゲンにはかなわなかったよ。美子が好きだったのはゲンの野郎さ」

「それでも、ゲンがフラフラあっちの女こっちの女と渡り歩いていたときに美子ちゃんを支えていたのはお前だろうよ。お前っていう存在がなかったら、美子ちゃんはとっくに乳飲み子を抱えて川に飛び込んでいたんじゃねぇか？」

そういう話か。そういう関係の三人か。まるで夏目漱石《なつめそうせき》の小説みたいな。

「え、じゃあ」

話の流れで行くと。

「そのゲンさんという方はもう病気か事故で亡くなってしまっていて、子供を抱えて一人になってしまった美子さんを、カンスケさんが支えているって事ですか？」

「ホントにお前って察しが良《い》いよな」

銀さんが感心したように言う。

「もう五年も前になるかな。なぁ？」

カンスケさんが唇を突き出した。

「俺が支えてるわけじゃねぇよ。美子は母親として立派に働いている。菜美子《なみこ》ちゃんだって、娘な。美子とゲンの」

「はい」

「もう中学生だ。お母さんに楽させたいから高校には行かないで働くとか言ってるからよ、そんな心配しないでしっかり勉強しろってな。まぁ、学費の援助はするつもりだ」

「でもよ、美子ちゃんはよ。死んだ夫に操を立ててるっつーか、子持ち女がカンスケの人生を縛るのは嫌だってな。こいつが結婚しようってのに中々頷いてくれねぇんだよな」

なるほど。理解した。そんな女性がいたのか。それで、カンスケさんは堅物って言われるぐらい女っ気がなかったんだ。

カンスケさんが微妙な表情をして頭をガリガリ掻いた。

「まったく、何でチャコにこんな話までしちゃうんだかな」

「ピーの野郎はゲンの事も知ってるからいいけどよ、ナベやたいそうは知らないからうっかり漏らすんじゃねぇぞ。カンスケにはリーダーとしての立場があるんだから、弱みを握られたくねぇよな」

銀さんが少しからかうように言って、カンスケさんはまた苦虫を噛《か》み潰《つぶ》したような顔をした。

「わかりました」

それでカンスケさんが香緒梨さんの相談に悩んでいるのがよっくわかった。たとえ嘘だとしても自分にそんな女性問題が浮かび上がるのを美子さんに見せたくないんだ。そもそもこれは嘘なんだとは美子さんに説明できないだろうし。

かといって、妹のように思ってきた香緒梨さんが悩んでいるのも放っておけない。じゃあどうしたらいいかと言うと。

「香緒梨さんは、そのゲンさんと美子さんの事を知らないんですね?」

「知らないな」

銀さんが言った。

「昔にゲンと顔ぐらいは合わせた事があるかも知れないけどな」

カンスケさんも頷きながら言った。

「知ってたら、俺にこんな事を頼んでこねぇよ。あいつだって優しい女なんだ」

うん。それなら方法はひとつしかないと思う。

「カンスケさん。僕が会ってきましょうか？　香緒梨さんに」

カンスケさんと銀さんが同時に僕を見た。

「お前が会ってどうすんだよ」

「僕じゃあどうですか？　って。恋人役に」

香緒梨さんがカンスケさんに相談したのは、そんな事を頼めるのがカンスケさんしかいないからだ。

「だって香緒梨さんも沙緒梨さんも、二人ともずっと同じ環境でカンスケさんと過ごしてきたわけだから、沙緒梨さんならそんなの嘘だってすぐにわかっちゃうんじゃないですか？　普通は疑っちゃいますよ。その点、僕と付き合ってるって言ったら沙緒梨さんだってかなりびっくりするでしょ」

「そりゃあ、びっくりするわな」

銀さんが頷いた。

「僕は同じ事務所とはいえ、まだ地位も名誉もないボーヤですからね。しかも年齢差がある。なんだったら実は今まで私が喰わせてやってきたんだって言えば、あぁ本当に好き合って付き合ってるのかって思うんじゃないですか。それなら、記者会見までしなくたって沙緒梨さんは納得してくれるかもしれませんよ」

カンスケさんに香緒梨さんへ電話してもらって、僕一人で香緒梨さんの住むマンションを訪ねることにした。もちろん大きなマンションだから、顔があまり知られていない僕なら堂々と玄関をくぐっても誰も気に留めない。

電話でカンスケさんは、自分には誤解されたくない女性がいることをきちんと香緒梨さんに伝えたんだ。どうして電話にしたのかは、もちろん二人きりでいるところを誰にも見られたくないからだ。そしてどうして僕が香緒梨さんの部屋を訪ねるかっていうのは、たまたまだけど、あのときに僕は香緒梨さんの涙を見てしまったからだ。きっと僕が力になれるからって話を電話でした。

水曜日の夜なら空いてるって、香緒梨さんは僕が部屋を訪ねる事を快くオッケーしてくれた。

「いらっしゃい」

微笑みながら玄関を開けた香緒梨さんは、ほとんど素っぴんだった。黄色の薄手のセーターに茶色の巻きスカート。部屋の中にはいい匂いが漂っているし、革のソファやお洒落な電気スタンドとかがあって、僕の安アパートや銀さんの本だらけの薄汚れたマンションとは大違いだ。

「何かお酒を飲む？」

「いえ、いいです」

「じゃあ、コーヒーでも淹《い》れる？　豆があるのよ」

「すみません」

コーヒー豆が自宅にあるなんて、香緒梨さんはそんなにコーヒー好きだったのか。知らなかった。

「じゃあ、これ」

香緒梨さんが何だか見慣れない器具を持ってきた。

「何ですか？」

「コーヒーミルよ。ここに豆を入れてね、そしてこのハンドルを回すと豆が挽《ひ》けるの。けっこう力がいるから男の人の仕事よ」

「へぇ」

そういうのがあるんだ。教えられるままにハンドルを回したら凄《すご》い音がして、あぁそういえば喫茶店でこれをやってるところがあるって思い出した。

香緒梨さんがサイフォンでコーヒーを淹れてくれて、その間に同じ事務所の人たちの話や、カンスケさんたちの若い頃の話でかなり盛り上がった。こうやってたまに顔を合わすと、香緒梨さんも沙緒梨さんもとてもおもしろい話をしてくれる、優しいお姉さんなんだ。

「いただきます」

革のソファに向かい合って座って、コーヒーカップから一口飲んだ。美味《おい》しい。こうやってお化粧をしていない香緒梨さんと向き合っていると、まるで親戚《しんせき》の美人のお姉さんみたいに感じてくる。

「それで、香緒梨さん」

話しづらいだろうから、僕から口火を切った。

「この間、カンスケさんから話があった通りなんです」

香緒梨さんはにっこり微笑んで頷いた。

「そうね。悪い事しちゃったわカンスケさんに。さぞ困っていたでしょうね」

ちょっと淋《さび》しそうな顔をした。

「カンスケさんにそんな女性がいたなんてちっとも知らなかった。ねぇ、本当にカンスケさんって、優しいけど真面目すぎるわよね。あんな人がステージで皆を笑わせているなんて信じられないわよね？」

「そうなんですよね」

それは、僕も弟子入りして驚いた。ステージに立っていないカンスケさんは、普段は優しいけれども、いざ芸事になると自分にも他人にも厳しすぎるほどに真面目な人なんだ。

香緒梨さんが、小さく頷いて、またコーヒーを飲んだ。

「まぁそういう人だから、私も無理なお願いをしようと思ったんだけど」

「香緒梨さん」

「うん？」

「僕では駄目ですか？　偽の恋人役。電話でも話したように、きっと沙緒梨さんも納得してくれると思うんですけど」

苦笑いみたいな表情をして、香緒梨さんは少し首を傾げた。

「嬉《うれ》しいけど、いいの？　チャコちゃんは。もしもこんなおばさんと噂になっちゃったら、恋人なんかできないかもよ？」

「全然大丈夫です。いやらしい話ですけど、それがどこかに漏れて名前が売れたらラッキーみたいなもんですよ。もしもですけど」

香緒梨さんは笑った。

「そうよね。そういう世界よね」

「でも、香緒梨さん」

「うん」

「沙緒梨さんを納得させるためにも、僕は聞かなきゃならないと思うんです。どうして、沙緒梨さんが、香緒梨さんとシンゴさんの事を誤解しているのか。話せないぐらいの理由があるっていうのはわかりますけど」

一度言葉を切って、香緒梨さんを見た。

「こういう嘘をつくなら、真剣につかなきゃ沙緒梨さんにも失礼だと思うんです。真剣な嘘っていうのは、心の底からつかなきゃならない。僕は、香緒梨さんの気持ちを全部理解してこそ、本当に嘘の恋人役をできると思うんですけど」

下衆の勘ぐりじゃない。出歯亀みたいな気持ちでもない。間違いなくとんでもない秘密を香緒梨さんは抱えているんだ。それが、きっと沙緒梨さんとの間に何か亀裂みたいなものを生んでいるんだ。

それを全部飲み込んだ上で、一緒に抱え込んだ上で芝居をしないと、絶対にバレてしまうと思う。

香緒梨さんは、溜息をついた。

長い長い溜息だった。肺の中の空気を全部吐いてそのまま倒れてしまうんじゃないかって思うぐらいの。それから、大きく息を吸って、また吐いた。

「チャコちゃんになら、言えるかしら」

僕を真っ直ぐに見るその瞳《ひとみ》が潤んでいた。こんなときに何だけど、本当に奇麗な瞳だなって思ってしまった。

「何でも聞きます。そして、カンスケさんにも、もちろん他の誰にも話しません。墓場まで持っていきます」

それが僕の役割だって覚悟してここに来たんだ。香緒梨さんは、にっこり微笑んだ。

「その眼よね。いいなって思ったのは」

「え？」

「初めて会ったときからチャコちゃんのその眼は、どんなときにでも真っ直ぐに見つめてくるのね。弟子なんか採らないはずのカンスケさんがチャコちゃんを拾ったのも、それが理由だったのよね」

「そうなんですか？」

その辺りの事は何にも聞いていないけど。

「私たちもそうよ。〈ザ・トレインズ〉のボーヤのチャコちゃんは、いい子だって皆が言うわ。あの子はきっと人気者になるって。なれなくても、この世界でやっていけるって必ず言うわ」

「ありがたいです」

そんな評判が僕の耳まで届いた事はないんだけど、そうなのか。そんな風に皆は思ってくれているのか。

「チャコちゃん」

「はい」

「沙緒梨がね、私がシンゴさんの事を好きなんじゃないかって誤解しているのは、私が心の奥では結婚に反対しているからだと思うの」

「反対なんですか?!」

香緒梨さんは、首を横に振った。

「賛成しているわ。ううん、本当にシンゴさんと結婚して幸せになってほしいって思っている。でも、奥の奥では沙緒梨に男性と結婚なんかしてほしくない。今はこうして別々に暮らしているけど、また以前のように二人で一緒に仲良く暮らしていきたいって思ってる。ずっと。ずっと」

ずっと。

香緒梨さんは、ぐいっ、と身体を前に出して僕を見た。強い強い意志のようなものが込められた瞳。

「ずっとなの。沙緒梨と一生二人で暮らしていきたいって、心の奥底では思っている」

一生、二人で？

「もちろんそんな気持ちは隠しているつもりだけれど、それが、沙緒梨には感づかれているのね。それを誤解して、シンゴさんとの結婚をよく思っていない、あるいはシンゴさんと何かあったって思ってしまっているのよ沙緒梨は。それで、私の気持ちを考えて、結婚に踏み切れないでいるの」

「そのまま結婚しても、妹である香緒梨さんとの仲が悪くなってしまうかもしれないからですか」

香緒梨さんが、こくん、と頷いた。

「たぶんね」

それは。

言いかけて、その言葉を飲み込んだ。姉妹愛というものなのか。いや、それ以上のものか。

姉妹だからずっと一緒に暮らしたとしても、多少風変わりと言われるかもしれないけれど問題があるわけじゃない。ずっと独身で暮らす女性だっていないわけじゃない。沙緒梨さんと香緒梨さんだったら、今までの実績で生活には何の心配もなく、きっと二人でずっと一緒に暮らしていけるだろう。

でも、そういうことじゃない。香緒梨さんは、違うんだ。もっと、深いものを心の内に秘めている。隠している。隠し続けているのか。

「香緒梨さん」

「うん」

「僕は、馬鹿正直だってよく言われるんです。だから、言っちゃいます」

「なぁに？」

香緒梨さんは。

「男性が愛せない人なんですね？」

その言葉に、香緒梨さんは唇を一度引き結んで僕を見た。そして、こくり、と、小さく頷いた。その指が少し震えているような気もする。

そういうことか。

そういうことだったのか。男性を愛せないし、そして最愛の人は、その女性は。

ちょっとびっくりしたけど、大丈夫だ。いろんな人がいるのは、いろんな愛情の形があるのは、この芸能界に入ってよくわかってきたつもりだ。

「わかりました」

本当の意味での、覚悟が決まった。

これは、僕の人生で最初の、死んでも人に言えない覚悟かもしれない。

「香緒梨さんが、実は僕と初めて会ったときから、一人前になるまで面倒をみてやろうと思ったってことにしましょう。ちょうどいいって言うか、今にして思えばあれは沙緒梨さんとシンゴさんが付き合っていたからなんでしょうけど、沙緒梨さんのいないときにトレインズの皆と一緒に行動したことが何度かありますよね？」

「あったわね」

香緒梨さんが笑った。そうなんだ。僕とカンスケさん、銀さん、ナベちゃんと香緒梨さんでご飯を食べに行ったりしたことだってあった。

「そういうときも、実は最後は僕と一緒にいたんだってことにすれば、この部屋に来ていたのかって沙緒梨さんも頷けるんじゃないでしょうか」

「そう思うわ」

そうだ、だからこそ香緒梨さんはカンスケさんに頼んだんだ。僕が一緒にいたのは偶然だけど、ちょうどいい。

「その事だけは、カンスケさんと銀さんにも伝えておきます。もしも沙緒梨さんに何か訊かれたら口裏を合わせられるように」

　香緒梨さんの眼の前に、僕は右手の小指を出した。香緒梨さんがきょとんとする。

「指切り？」

「そうです。約束します。僕は香緒梨さんの胸の奥にあるものを、決して誰にも言いません。嘘ついたら針千本飲みます」

　笑った。少し瞳を潤ませながら香緒梨さんは笑って、僕の小指に小指を絡ませてきた。

「約束ね。安心して。恋人のフリは、沙緒梨が結婚するまででいいから」

　香緒梨さんの小指は、柔らかかった。

　そして、やっぱり少し震えていた。

# ハードボイルドよ永遠に

有楽町《ゆうらくちょう》にある〈鹿島芸能事務所〉のビルのエレベーターは遅くてたまらないので、大抵は階段を上がっていく。

四階にある事務所まで上がるのはけっこうキツイけど、慣れればどうって事はない。事務所に顔を出す事はほとんどないんだけど、たまに来た時にはカンスケさんや銀さん、特にピーさんなんかは絶対にどんな事があってもエレベーターで上がっていく。でも、ピーさんがエレベーターに乗ると、他の皆《みんな》は一緒に乗りたがらないんだ。なんかミシミシ音がして怖いって言って。

「おはようございまーす」

ちょっと息を弾ませながら言うと同時にドアを手前に引いたら、眼の前に鹿島社長の顔があって、お互いにびっくりして後ずさってしまった。

「よぉ、チャコか」

「あ、おはようございます！　すみません邪魔して！」

たぶん、社長はちょうど事務所を出るところだったんだ。

「久しぶりだな。元気か？」

「元気です！　それだけが取り柄なんで！」

〈鹿島芸能事務所〉社長の鹿島勇一。つまり僕ら所属タレントのボス。そして、〈ザ・トレインズ〉マネージャーの理香さんの実のお父さん。元々は社長もジャズミュージシャンだったから、音楽をやっている連中の気持ちをよくわかってくれる人だ。

「今日は何だ？」

「あ、お小遣いを取りに来たんです。理香さんがちょっと別件の打ち合わせが入って、現場から離れられないんで」

お小遣《いしよう》いっていうのはマネージャーが担当のタレントに使うお金の事だ。急に衣裳を買わなきゃならなくなったり、タクシー代を立て替えたり、ご飯を食べに行ったりと、とにかく何かとお金が掛かる。そういう時に使えるお金をマネージャーは常に持ち歩いているんだ。特にトレインズみたいな人気者はたくさんお小遣いを使える立場にある。

「ちょうど良かった。東雲《しののめ》、まだ時間はあるよな？」

社長がひょいと腕を上げて後ろにいた社長秘書の東雲さんに合図すると、東雲さんはちらっと腕時計を見ながら頷《うなず》いた。

「大丈夫です。十五分程度なら」

よし、って社長は頷く。

「チャコ、ちょっと顔貸せ」

そう言われてがっしりと肩を組まれた。

なんだなんだ。

そのままほとんどひっつかまえられて無理矢理一緒に歩かされた。事務所の向かいの屋上への階段を上っていくから、きっと屋上で内緒の話をしようって事なんだろうけど。

他の芸能事務所に入った事はないから話に聞くだけなんだけど、鹿島社長みたいに僕ら所属芸能人にフランクに、まるで親戚《しんせき》のおじさんみたいに接してくる人は珍しいそうだ。

誰も口には出さないけど、あそことかあそこなんかはそのまんま社長が危ない人で、もちろん今の時代にはれっきとした芸能事務所なんだからきったはったはやらないにしても、下手に逆らわない方がいいってところ、らしい。僕みたいな下っ端のコメディアンにはあまり関係のない話なんだけど。

鹿島社長に肩を組まれたまま階段を上がって鉄製の扉を開けるとそこは屋上。

高架も見えるし高いビルも見える。社長は、いつかでっかいビルを建てるぞ！　なんて大言壮語を吐かない人なんだ。事務所だって、会社設立当初のままだ。所属ミュージシャンやタレントにその才能を発揮させて人気者にする事が、どんどん売る事が事務所の仕事であって、見栄《みえ》張って豪華な事務所になんかする必要はないんだって。

「煙草あるか？」

屋上に出たところでようやく肩組みから解放されて、社長は指を二本僕に向けた。

「社長なんだから洋モクのひとつやふたつ常に持っててくださいよ」

「馬鹿野郎、事務所の社長が贅沢《ぜいたく》してどうすんだよ。贅沢して皆に夢を見させるのはあなた方芸能人の皆様でしょうに」

そう言いながらニヤリと笑って、差し出した僕の煙草を一本取ってライターで火を点《つ》けた。そのライターは金ピカに光ってますけどね。

「お前さん、香緒梨と別れたんだって？」

その話か。いつか訊《き》かれるだろうなって思っていたから答えの準備はしてある。なので、慌てたりしない。

「別れました。元々僕には釣り合わない女性だったんですから」

一ヶ月前だ。沙緒梨さんとシンゴさんの婚約発表があった。それはもう取材陣がたくさん集まった盛大なものだった。そして、結婚式は日本じゃなくてハワイでやるって話になっていて、二週間後だ。新聞やテレビニュースはその話題で持ち切りになったし、それぞれの事務所も大忙しになった。

で、その結婚に踏み切らせるために香緒梨さんは僕と付き合ってるって事にして、信《しん》憑《ぴょう》性を高めるために何度か一緒に香緒梨さんの部屋で過ごしたりした。

もちろん、何にもない。香緒梨さんは手作りの料理を食べさせてくれたりして、優しかった。芸能界で生きていくためのいろんな話をしてくれたり、けっこうびっくりする歌謡界の裏話なんかも聞かせてくれた。思い出せば二人で美味《おい》しいご飯を食べながら、ずっと笑いながら話をしていたんだ。

僕と香緒梨さんが付き合っているという嘘は、沙緒梨さんにだけ話して後は秘密にしていたんだけど、そういうのは必ずどこかから漏れるもんなんだよね。

だから婚約発表の後に「付き合ってるってホントか？」って訊いてきた人には、「別れました」って答える事にしていた。

「そうか」

社長がそう言いながら煙を吐いて、それからニヤリと笑った。

「で？　本当のところ何があったのかは、俺にも話してくれないのか」

笑いながら、ギョロリと大きな眼を動かして僕を見つめた。社長になるような人は、やっぱり普通の人とは違う。この眼に力があるんだ。見つめられると何でも喋《しゃべ》ってしまいそうになるぐらいに。

でも、大丈夫。社長なら何かを見抜いたり勘づいたりするだろうなって思っていたから。何せ〈フラワーツインズ〉を世に出したのはこの社長なんだ。秋田の田舎にいた歌の上手な姉妹を直接見に行って、東京に連れてきてすごいアーティストにしたのは、この人なんだから。きっと何もかもお見通しだと思う。

だから、言わないですよ。

「ただ、沙緒梨さんは結婚して、香緒梨さんは僕と別れた。それだけです」

「それだけか」

「それだけです」

新人のアイドル候補とか若い女の子と僕がどうにかなっちゃったのなら、社長はおろかマネージャーたちからもお叱りを受けちゃったりするけれど、香緒梨さんぐらいの大人の女性になれば、怒られたりはしない。

社長が、何かに納得したように頷いて、にいっ、と笑った。

「わかった。じゃあそろそろ理香の機嫌も直るかな」

「理香さん？」

理香さんの機嫌がどうしたんだろう。

「何か怒っていたんですか？」

さっき会った時には普通だったけれど。社長がポンポン、と僕の肩を叩《たた》いてから、煙草を足元に落として靴の裏で揉《も》み消した。

「さぁな。何でここんところずっと機嫌が悪かったんだろうな」

そう言って笑いながらさっさと行ってしまった。何なんだ一体。きっと社長は気づいているよな。僕と香緒梨さんの嘘に。でも、気づいていても何にも言わないでいてくれると思う。

鹿島社長はそういう人だ。あのカンスケさんも銀さんも社長には全幅の信頼を置いている。あの人についていきゃあ、間違いないって。

「戻りましたー」

いつもの大角テレビの第二スタジオ。水曜日はトレインズ全員と、大道具さんとマッケンさんと放送作家さんが集まってメインコントの打ち合わせ。でも、打ち合わせと言ってもすぐに進んでいく事もあれば、全然進まない事もある。

いわゆる、行き詰まった状態。

そういう状態になったんで僕はお使いで事務所に行ってきたんだけど、戻ってきてもまだその状態だった。

どんなコントをやるかはほぼ決まっているのに、ギャグの流れで意見が合わなかったり、新しい見せ方をやりたいんだけどそのアイデアが出なかったりする時には、本当に思いっきり行き詰まる。まるで墓場でにらめっこをしているみたいな空気になっていくんだ。

そういう時に全員で机に肘《ひじ》ついてただ顰《しか》めっ面を突き合わせているとどんどんドツボにハマっていくので、それぞれに好きな事をやりながら休憩したりアイデアを練ったりするんだ。ただし、外へ出ていくのは厳禁。誰かの声が掛かったら即座に全員がまた机に揃って打ち合わせをする。

「お帰りぃー」

ナベちゃんとたいそうさんは隅の畳敷きのところで将棋をやっていた。カンスケさんは銀さんやマッケンさんと煙草を吹かしながらテレビを観ていた。他の皆も漫画雑誌を開いたりなんだり、何かアイデアが湧いてくるまで待っている。

「あれ？　理香さんは？」

理香さんがいない。もう別件の打ち合わせは終わっていると思ってたんだけど。

「さっき電話しなきゃならないって外に出ていったぜ」

カンスケさんがひょいと手を上げながら言った時に、ドアが開いて理香さんが入ってきた。

「あぁ、チャコちゃんありがとう」

そう言った理香さんの表情が硬い。何か面倒でも起きたんだろうかって思ったら、ちらりと部屋の中を見渡して、それから小声で言った。

「ちょっと来て」

くい、と、僕の服の袖《そで》の辺りを抓《つま》むので、素直に従ってまたスタジオの外に出た。

「どうしました？」

黙ってちょいちょいと手を動かしながら廊下を歩き出すので、何だろうと思いながらついていった。廊下のどん詰まりの窓のところ。外には街路樹が見える。この第二スタジオは古いスタジオで第一と一緒に本館とは別棟になっている。今はほぼ《土曜だ！バンバンバン！》のためだけに使われているから、廊下にも作って取ってあるセットやなんかが並べられてる。

こうやって廊下の端っこまで来ると、誰からも見られないし、声も聞こえない。

「タクシーで帰ってきた？」

それなりの大金を懐に持っていたので、電車は使わない。スリにでもあったら大変だからね。

「もちろんです」

「入口のところに、車で来ている変な連中がいなかった？」

「変な連中？」

そう言われて、ポン、と思い出した。

「あぁ」

そうだ。いた。何でこんなところに車を停めているんだろう、何かを待っているのかなってそう思ったんだ。

「いましたね。変な連中かどうかはわからないんだけど、男が乗っている車が入口のところに」

理香さんが、やっぱり、って顔をした。

「何ですか？」

「わからないのよ。今日で見かけるのは三回目なの」

「三回目？」

「そう。今日見かけて、あれ？って思ったの。この車は前にもここにって。そして変な連中が乗っているなって。そういえばこれで見かけるのは三回目じゃないかって」

理香さんが顔を顰めた。まだ二十四歳の女性とはいっても、理香さんはアメリカにも留学してエンターテインメント業界を勉強してきた人だ。〈鹿島芸能事務所〉の社長のお嬢様として小さい頃から海千山千の男たちに囲まれて育ってきたから、芸能界の表も裏も知りつくしている人って言ってもいい。

その人が、本当に嫌そうな顔をしている。

「ちょっとヤバめの連中って事ですか？」

理香さんが唇を歪《ゆが》めた。

「そんな気がするだけなんだけど。そしてちょっとヤバいぐらいならいいんだけど」

確かに。ちょっとヤバいぐらいなら周りにたくさんいる。マッケンさんなんかはちょっとどころか相当ヤバい人だ。

「ねぇ、最近メンバーに様子がおかしい人はいなかった？」

「おかしい、ですか」

おかしいと言えば皆おかしいんだけど、そういう事じゃない。考えたけど、特に気になる事は思いつかなかった。

「喧嘩《けんか》したとか、ヤバい事になったって話は全然聞いていないです。でも、何かトラブルみたいな事があって、ヤバい連中が待ち伏せていたって事ですかね？」

芸能界が聖人君子の集まりじゃない事は誰だって知ってる。むしろ、どっちかと言えば普通よりは素行不良な連中ばかりって言ってもいいぐらいだ。それぐらいじゃないと芸能界では通用しないって言った方がいいかもしれない。

それは〈ザ・トレインズ〉のメンバーだって例外じゃなくて、銀さんなんかは若い頃に競馬で作った借金をようやく払い終わったって話を聞いた事がある。ピーさんなんかも、信じられないんだけどあんななりして若い頃はモテてモテて女遊びが激しくて、どこかに別腹の子供がたくさんいるっていうのがネタになっている。

別に不良じゃないと芸能の仕事ができないってわけじゃないけれど、才能や運と引き換えになる何かはあるって思ってる。

「わからないけど。どう考えたってあの連中は見張っているんじゃないかって気がするのよね」

そう言って理香さんは窓の外を見た。ここからじゃ入口は見えないんだけど。

「見張っている」

そう、って不安そうな顔をして理香さんは頷いた。だとしたら、見張っているのは〈ザ・トレインズ〉のメンバーの誰かって事になる。まぁマッケンさんって可能性も大いにあると思うし、他のスタッフの中にだってそういう連中に付け狙われる可能性のある人はたくさんいる。放送作家のマーちゃんなんかはこの間ノミ屋のおっさんに電話で怒鳴られていたって話を聞いた。

「私も気をつけておくけど、一応チャコちゃんも頭の中に入れておいてね。何か気がついた事があったら教えて」

「了解です」

頼むわね、って言って理香さんは僕を見つめた。僕も理香さんを見た。その僕を見つめる瞳《ひとみ》がもう少し何か言いたげな感じがしたから何も言わずに待ったんだけど、理香さんは黙って手をそっと僕に向かって伸ばした。

そのまま手を動かさないので、何かと思って、そっと理香さんの手を取ったら理香さんはびっくりしてた。

「何で手を取るのよ！」

「え？」

「お小遣いを渡してよ」

そうだった。渡すのを忘れていた。

★

打ち合わせが行き詰まっていた〈お巡りさんコント〉はとんでもないアイデアが出て来てから、とんとん拍子に話が進んでいった。

たいそうさんがポロッと言ったんだ。「サーカス！」って。何事かと思ったら、サーカスの曲芸のバイク乗りを白バイでやったらどうかって。

「お巡りさんが白バイでやってきて、そのまま家の中に突っ込んでくるんですよ！」

うわお、って大道具の鬼島《きじま》さんが言ったのが聞こえてきた。

「それだ！」

パチン！　って指を鳴らしながらカンスケさんが大げさに腕を振った。そしてたいそうさんをジロリと見てニヤリと笑った。

「それだ、たいそう。サーカスだ」

「でしょう？」

たいそうさんがニッコリ微笑んだ。

「家の中に白バイが突っ込んできてよ。そして壁をぶち壊して中に入っていくのよ。次に下手《しもて》か上手《かみて》から出て来た時には、バイクの前に五人とも乗ってるんだよ！　サーカスの曲芸師みたいにな！」

周りの空気の温度が一気に五度ぐらい上がった。いいアイデアが浮かんでそれでイケるって皆が納得した時には必ずそういう空気になるんだ。

結局は失敗した時の事を考えて、実際にバイクの前に乗るのは身の軽いナベちゃんだけにして、その他の四人は人形を作ってナベちゃんの周りに取り付けるのがいちばんいいんじゃないかって話になった。

「人形はいいよな。前に作ったのが使えるよな？」

「使える使える」

「でも一応、練習はしてみようぜ。バイクの前に五人乗るのは鉄パイプでフレームでも造ればイケるだろ？」

を撫《な》でた。
カンスケさんが大道具の頭の鬼島さんに言うと、渋い顔をしながら手拭《てぬぐ》いを巻いた頭
「やれない事は、ないさ。フレーム付けるんじゃなくてネコでも改造して車輪付けとき
ゃ、バイクの後ろが上がる事もないだろうな」
「車輪が見えちゃあ興醒《きょうざ》めじゃねぇか？」
マッケンさんが言う。
「壁ぶち壊した時に、バイクの前に何かがひっついたって事にして隠せばいいんだよ。
壁の一部でも便所のアサガオでもいいだろ？」
鬼島さんがぶっきらぼうに言う。
どんなに無茶なアイデアを考えても、鬼島さんは百パーセントそのアイデアを生かす
方法を考えてくれるんだ。もちろん、誰も怪我をしないように。セットの仕掛けで怪我
をしちゃったら、それは大道具さんの責任になっちゃうし、何よりも自分たちがイケる
と思った仕掛けで失敗したら、それは自分たちの恥になるって考えている職人肌の人だ。
「よし、決まりだ。それで行こうぜ」
それからコントの大まかな流れを打ち合わせしていく。これは広いスタジオを存分に
使って、トレインズ全員で実際に身体を動かしながら台詞《せりふ》も一緒に決めていくんだ。そ
の方が動きがわかって決めやすいからね。
もう何本もコントをやっていると台詞なんかも悩まないでどんどん決まっていく。こ

こでお決まりのギャグをやるとか、その場で思いついたギャグを当て込んでみたり、衣裳に仕掛けが必要なのが見えてきたり、本当にあっという間にメインコントが決まっていくんだ。その間、放送作家さんはその台詞をどんどんメモしていく。大道具さんは必要な小道具やセットの大体の形をさらさらと描いていく。

「オッケーじゃねぇか?」

銀さんが言うと、カンスケさんも大きく頷く。

「いいな?」

マッケンさんに確認して、頷けばそれで本当にオッケー。銀さん、カンスケさん、マッケンさんの順番にオッケーが出れば決まる。そうやって大まかな流れさえ決まってしまえば、後は放送作家さんと大道具さんが、正式な台本と図面を書く作業。その間僕たちは何にもする事がなくなる。

一緒にその作業をやって何か口を出すとまたややこしくなって時間がなくなるので、できあがった台本と図面にダメ出しするのは明日。その方が放送作家さんも大道具さんも仕事がやりやすいからね。いつも思うけど、これから台本と図面を仕上げるのは本当に大変だ。ほとんど皆が徹夜の作業になる事だってある。

壁の丸時計を見たら、七時を回っていた。ちょうど晩ご飯の時間に終わったから今日はすごく早く決まった方だ。決まらない時にはこのまま店屋物を取って夜の十時、十一時まで掛かる事だってあるんだから、放送作家さんと大道具さんはホッとしてると思う。

今日は徹夜しないで済むぞって。

「じゃあ、いいわね」

理香さんが手帳を出しながらカンスケさんの近くまで歩いた。

「カンスケさん、今日は時間があるから〈MCレコード〉との打ち合わせをこれからに繰り上げたいんだけど、いいかしら？」

あー、ってカンスケさんが声を上げながらちょっと天井を見上げた。

「飯食ってからでいいのか？」

「ご飯を食べながらにしましょう」

ニコッと笑いながら理香さんが言う。

「そうすれば時間の節約になって、終わり次第ゆっくり明日まで休めるわ」

「向こうの都合は？」

「さっき電話して確認したわ。今日は早く終わりそうだったから」

ニッコリと理香さんは微笑む。本当に有能なマネージャーなんだ理香さんは。カンスケさんが苦笑いしながら、まるで臣下が王様にするようにうやうやしくお辞儀をした。

「仰せの通りに。たいそうもいいのか？」

「いいですよー」

黒縁眼鏡をくいっ、と右手の人差し指で上げながらたいそうさんが頷いた。

ミュージシャンとしての〈ザ・トレインズ〉の今度のアルバムは企画モノで、今まで作ってきたレコードから厳選したベスト盤だ。再録もしないから、全員で打ち合わせする必要はなくて、リーダーのカンスケさんとたいそうさんの二人だけ。

実は、〈ザ・トレインズ〉の音楽的なものを支えてきたのは、ベースでリーダーのカンスケさんじゃなく、ピアノの銀さんでもなく、ギターでボーカルのたいそうさんっていうのは誰もがわかってることだ。ギターのセンスは頭抜けているし、作る曲だってものすごく良《い》い曲が多い。実際、カバー曲じゃなくてオリジナル曲で売れたのは全部たいそうさんの曲だ。

残念なのは、ボーカリストとしての華がまったくないってところだけどね。それはもう皆が言ってる。これでたいそうさんのルックスが良ければ、もっと〈ザ・トレインズ〉はバンドとして売れたかもしれない。

トレインズはハワイアン・バンドとして活動を始めた、ってプロフィールには書いてあるけれど、別に皆がハワイアンを好きで音楽を始めたわけじゃない。たまたま結成した時にレギュラーで入っていた店が、ハワイアンを演《や》ってほしいって事で演っていただけなんだ。カンスケさんや銀さん、ピーさんが音楽に目覚めたのはジャズだし、若いたいそうさんやナベちゃんはポップスやロカビリーだ。

「じゃあ、行きましょう。銀さんナベちゃんピーさんはお疲れ様。飲みに行かないで早く帰って休んでね」

「帰りますよー」

銀さんとナベちゃんは着替えながら頷いた。

「子供が待ってるからねー」

ピーさんはもうドアのところで手を振っていた。太っているけどこういう時は素早く動けるんだよねあの人。

「チャコちゃん」

理香さんは素早くって感じで僕に目配せした。一瞬何の事かと思ったけど、すぐにわかった。

「あ、じゃあ僕も今日はさっさと帰ります！」

言うが早いかすぐにピーさんの後を追った。あの車に乗ってる変な連中を見張ってくれって事だ。このスタジオの中にいる誰の事を待っているのか確認してくれって。タクシーを捉《つか》まえるならスタジオを出て裏門を出るんじゃなくて、本館の方へ歩いていって正門から出なきゃならない。

ピーさんの後ろ姿はまっすぐ本館の方へ向かっていった。すぐにスタジオの裏門の方へ眼をやると、やっぱり車があった。黒塗りの車だ。動く気配はないから、そのまま柱の陰で待ってみた。ナベちゃんが歩いてきて、僕が隠れているのに気づかないでそのまままやっぱり本館の方へ向かった。ピーさんとナベちゃんの家はまったく逆方向だから一緒にタクシーに乗ったりしない。

トレインズの皆は基本的には仲が悪くはないけれど、仕事以外で普段から一緒に行動にないんだ。
したりはしない。昔馴染《なじ》みのカンスケさんと銀さんでさえ、一緒に行動する事はそんな
「あ」
銀さんが出て来た。銀さんは本館の方へ行かないで、そのまま裏門から出ていった。
きっと一杯引っかけに行くんだと思う。この近くで銀さんの馴染みの店は三軒ぐらいは
知ってるから、そのどこかへ行けば会えるはず。銀さんが裏門を出てその前を通り過ぎ
ても、車は動かなかった。中から人も出てこなかった。
という事は、銀さんじゃないって事だ。
いやそもそも見張っているんだったら、正門の方だって見張らなきゃおかしいよな。
「そうか」
ひょっとしたら正門のところにも誰かいるのか？　だとしたらそれを確かめなきゃな
らないけど。理香さんが出て来た。カンスケさんとたいそうさんも一緒だ。三人で何か
を話しながら歩いていく。理香さんがちょっと辺りを見回したのは、裏門のところを確
認したのと、僕がどこにいるのかを捜そうとしたのかもしれない。
三人はそのまま本館の方へ歩いていった。姿が見えなくなるのと同時に、裏門のとこ
ろにいた車はゆっくりと動き出した。
カンスケさんかたいそうさんなのか、見張っていたのは。いや、その前にやっぱり見
張っていたんだろうか。確かめる手段はただひとつ。

正門へ向かって走り出した。走って本館とは逆へ行って、車の流れている所まで出ると、タクシーを捉まえた。

「運転手さん、あの今角のところに停まっている黒塗りの大きな乗用車、見える？」

運転手さんが首を伸ばした。

「あぁ、はい」

「あれの後を追って。たぶん、もう少ししたら動き出すから」

そう言ったら、運転手さんが振り返った。

「事件ですか？」

そう言った声音が随分と低かった。なので、思わず僕も声のトーンを落とした。

「そうなんだ」

ジャケットを着ていたので、内ポケットにそっと手を入れて手帳をチラッと見せた。もちろん、普通の手帳だ。ボーヤである僕はトレインズの皆のスケジュールを理香さんと共有しているから、絶対に必要なもの。

大抵の人ならこれで頷いてくれる。運転手さんの眼が据わって、頷いた。

「ようがす。任しといてください」

あまり有名なタレントじゃなくて良かった。僕が〈ザ・トレインズ〉の弟子だって事を知ってる人だったらただのコントになってしまう。二人で首をすくめるようにしながらじっと前を見ていたら、黒塗りの車が動き出した。理香さんとカンスケさんとたいそうさんがタクシーに乗ったんだ。

「行きますぜ」

「たぶんね、行き先は六本木《ろっぽんぎ》の方向じゃないかと思うんだ」

「了解しやした」

本当はたぶん〈MCレコード〉だってわかっているんだけど、そこまで言ってしまうと説明がややこしくなるから言わないでおいた。それにしてもこの運転手さん、口調が何かおかしいんだけど、ひょっとしたらヤクザ映画のファンなんだろうか。

そんなに渋滞はしていなかった。運転手さんはなかなか運転が上手《うま》い人で、信号に引っ掛かって置いていかれる事もなく六本木に入っていって、向こうに〈MCレコード〉の入っているビルが見えた。

そろそろ停まるかな、と思っていたら案の定だった。

「お客さん、停まりましたぜ。前に行きやすか？」

「いや、後ろに停めて」

グン！ と急ハンドルを切ってタクシーが停まった。ちょうどよく、すぐ横に電話ボックスがある。

「運転手さん、ちょっと待っててくれる？　メーターそのままでいいから」

「ようがす」

いや普通に話してくれてかまわないんだけど。理香さんたちは今頃ビルの中に入って、打ち合わせの部屋まで歩いているだろう。

「ちょっと電話をしてくる。もしも車が動いたらすぐにクラクション鳴らして」

そう言ってドアを開けて、急いで電話ボックスに飛び込んだ。〈MCレコード〉の電話番号はちゃんと手帳に書いてある。十円玉を入れて、ダイヤルを回す。

「あ、すみません〈鹿島芸能事務所〉の葛西と申します。はい、そうですお世話になっております。今、うちの鹿島と〈ザ・トレインズ〉のメンバーがそちらに伺ったと思うのですが、鹿島を呼び出してもらえませんか？」

お待ちください、と言われて受話器を机に置く音が聞こえた。そのまま待つ。車は動かない。タクシーの運転手さんはじっと前を見ている。なかなか仕事熱心な運転手さんだと思う。しばらく待つかなと思ったけど、案外すぐに受話器が取られた。

（もしもし？　チャコちゃん？）

「理香さん。今、僕も〈MCレコード〉の前にいます。タクシーで来ました」

（え？）

一瞬沈黙があった。

（っていう事は、あの車は私たちのタクシーを尾《っ》けてきたの？）

理香さんの声が急にくぐもったから、受話器の口側を手で覆って小声で言ったんだろう。

「そうです。あの車も今〈MCレコード〉の前に停まっています」

(カンスケさんか、たいそうさんって事ね)

「そういう話になりますね」

まさか理香さんじゃないだろうとは思うけど。

「理香さんって可能性もなきにしもあらずです。事務所に電話して、誰か応援呼びましょうか？」

また少し沈黙があった。

(まだ決まったわけじゃないから、そんな大事にはできないわね)

「じゃあ、打ち合わせが終わって帰る時には、三人で一緒にタクシーで帰ってください。そこからだと、理香さん、カンスケさん、たいそうさんの順番で降りますよね」

(そうね)

「僕がこのままタクシーで待っていて、後を追いかけます。それではっきりするでしょう。その時点でまた電話します」

(待って)

理香さんが慌てたように言った。

(それじゃあ、不安だわ。私が二人をタクシーに乗せて、必ずまっすぐ帰るように言うから。チャコちゃんは私を拾って。一緒に行く)

ちょっと考えたけど、その方が話が早いか。二人ならいざという時に、どっちかが電話したり伝えに走ったりできるか。

「わかりました。そうします。僕のタクシーは〈MCレコード〉が入っているビルの手前の電話ボックスの横に停まっていますから」

★

運転手さんにしばらくの間ここで待っててくれるかい？　って訊いたら、うむ、って感じで頷いた。

「前の車が動き出したら、気づかれないように後を尾けて。あ、後からもう一人乗るからそれを待ってね。たぶんそれまでは動かないから」

そう続けたら、前を向いたまま、また、うむ、って頷いた。今まで気づいてなかったけど、この運転手さんかなりいいガタイをしてるんじゃないか。とてもタクシー運転手とは思えないほどに。

「どれぐらい待つか、わかりやすかね」

「えーとね」

今日は確か最終的な曲順の確認と、ジャケットの写真の上がり具合の確認その他諸々《もろもろ》だったはずだから。

「長くても小一時間で終わると思うよ」

「それなら、エンジン切りやす。運転手が休憩してると思われた方がいいでやしょう。なに、エンジンは絶好調でやんす。すぐにかかりやすからご安心を」

うん、わかったけど、運転手さん一体どこの出身の人なんだろう。

「詮索《せんさく》する気はないんでやんすけどね」

「はいはい」

「前の車が追っていたタクシーに乗って、さっきあのビルに入っていったのは〈ザ・トレインズ〉の〈伴勘助〉さんじゃあねぇですか？　もう一人は確か〈たいそう〉さん」

あ、やっぱりわかっちゃったか。そりゃわかるよね。運転手さん、《土曜だ！　バンバンバン！》を観ているのかな。

「内緒だよ本当に。運転手さんを信頼してお願いするけど誰にも言わないでね。あ、でもあの二人を追ってるわけじゃないからね」

「察するに」

運転手さんが煙草を取り出して、窓ハンドルを回して窓を開けてから、火を点《つ》けた。

「あの有名人をつけ狙う怪しい連中が、前の車に乗ってるってとこでやんすか」

そうなんでやんすよ。この人の喋り方おもしろいから今度真似してみようかな。

「まぁそんなところなんだ。本当に内緒にね」

「わかりやした。もう訊きやせん。走り出したら絶対に見失わねぇですから、大船に乗った気持ちでいてくだせぇ」

安心なんだか不安なんだかわかんないよ運転手さん。

それから三十分、運転手さんは何にも言わないで訊かないでただじっと、時々煙草を吹かしながら前を見据えていた。僕も何にも言わないで、ずっと前を見張っていた。なるほどこの運転手さん本当に信頼できる人なんじゃないかって思い始めていた。よそ見なんかしないで、ずっと前の車とビルの玄関を見つめているんだ。

前の車にまったく動きはない。乗っている男が外に出てくる事もなかった。窓が開いてそこから煙草の煙が出て来てたから、向こうも僕らと同じようにじっと待っているんだ。カンスケさんかたいそうさんがビルから出てくるのを。

「来やしたね」

運転手さんがエンジンを掛けながら言ったので慌てて見たら、ビルから理香さんとカンスケさん、たいそうさんが出て来た。思いの外早く終わったみたいだ。理香さんが流しのタクシーを停めて、カンスケさんとたいそうさんに何か話していた。きっと真っ直ぐ帰るように言っているんだ。

カンスケさんとたいそうさんがタクシーに乗り込んだのを確認して、理香さんは足早にこっちに近づいてきた。二人を乗せたタクシーが走り出そうとウインカーを出しているけど、車の波でまだ動けない。ラッキーだ。理香さんがここに来るまで時間を稼げる。

怪しい連中が狙っているのが理香さんって可能性もなかったわけじゃないから、僕はタクシーのドアを開けてもらっていつでも飛び出せるようにしていたんだけど、理香さんがその横を通り過ぎても、怪しい連中は動かなかった。

「お待たせ！」

理香さんが身体ごと飛び込んできた。それと同時に、カンスケさんとたいそうさんを乗せたタクシーが動き出した。怪しい車も同じように動き出す。

「運転手さん頼むよ！」

「ようがす。任しといてくだせぇ」

いや本当に運転手さん、どんどんだみ声になっていって顔も怖くなっているんだけど。ひょっとしたら本当に元はヤクザ者とかそういう人なんじゃないだろうか。血が騒ぐとか言い出したらどうしよう。

「血が騒ぎますぜ。姐《あね》さんに旦那《だんな》。しっかり座っていてくだせぇよ」

うわ、言った。しかも姐さんに旦那って。理香さんが眼を丸くして、僕に身体を寄せてきて耳元で囁《ささや》いた。

(どういう人なの？)

(わかりませんよ)

(姐さんってなによ。何を言ったのチャコちゃん)

(何にも言ってません)

とりあえずはこれ以上運転手さんには何も訊かない方がいいような気もする。運転は確かに上手いみたいだから。

「車の中、見ました？」

普通の声に戻して訊いたら、姐さん、いや理香さんは頷いた。

「横を通ったときにちらっと見たけど、三人いたわ。前に二人後ろに一人」

「見覚えはありました？」

「全然顔は見えなかった。でも三人ともスーツは着ていたわね」

それだけじゃあ何もわからない。とにかく後を追うだけだ。

カンスケさんの住むマンションは恵比寿だからここからそんなに遠くない。そしてたいそうさんのマンションは中目黒《なかめぐろ》だ。黙ってずっと前を見ていたんだけど、何事もなく三台の車は走って、恵比寿のカンスケさんのマンションに着いた。

でも、前の車では何の動きもなかった。

たいそうさんを乗せてそのまま走り出したタクシーを追っていったんだ。

「狙っているのは、たいそうさんなのかしら」

「そういうことですかね」

どうしようって考えていた。もしもたいそうさんのマンションの前で、車から飛び出した男がたいそうさんを捕まえようとかしたら。

僕が身体を張って止めるしかないんだけど。

「理香さん」

「わかってる。運転手さん」

「何でしょう」

「もしもよ？　もしも危ない事が起きてしまったら、近くの公衆電話まで走って警察を呼んでちょうだいね」

運転手さんがこっくりと頷いた。

「ようがす」

そう言って運転手さんはゆっくりと首を回してゴキン！　って音をさせた。何だかイザという時にはこの運転手さんに助けてもらった方がいいんじゃないかって思えてきた。

でも、何も起きなかったんだ。

たいそうさんのマンションに着いて、たいそうさんがタクシーを降りてマンションに入っていくと、それを確認したかのように、前の車はまた走り出した。

「どうしやす？　追いやすか？」

「追ってちょうだい」

でも、車を発進させてすぐに運転手さんが首を捻《ひね》った。

「姐さん、旦那。あっしの勘ですがね」

「え？」

「これ以上は追わない方がいいかもしれやせん。そろそろ向こうの運転手に気づかれそうな気がしやす」

「そうなの？」

運転手さんは、前を見たままこくり、と頷いた。

「走り方からして向こうの運転手も手練《てだ》れですぜ。同じタクシーが尾いてきているのを見逃すはずありやせん。今ならまだ同じ方向に走ってるタクシーで済みやす。そして手練れの運転手を使っているってこたぁ、あちらさん中々の組織のような気がしやすぜ」

中々の組織って。そういうのがわかるってどうしてなんだろう。運転手さんがルームミラーで僕を見てニヤリと笑みを浮かべたような気がした。

「本物の警察の旦那じゃねぇでしょうから、女連れで面倒に巻き込まれない方がいいと思いやすがね」

「停めてください」

すぐに言った。タクシーがウインカーを出して道の脇にゆっくり停まった。

「チャコちゃん」

「運転手さんの言う通りですよ理香さん。あの車に乗った男たちはまだ何もしていないし、もしもこのまま追っていって何かに巻き込まれたら、理香さんに何かあったら、僕は社長に合わせる顔がないです」

僕は非力だ。何にもできない。理香さんも僕を見て、小さく頷いた。

「旦那」

運転手さんが言った。

「ここで降りて、他のタクシーを拾って帰ってくだせぇ。その前に、こいつに電話番号を書いて」

「電話番号？」

運転手さんが前を向いたままこっちに寄越《よこ》したのはボールペンとメモ帳。

「どうして？」

初めて運転手さんが後ろをチラッと向いて、ニヤリと笑った。

「後でご連絡しやす」

タクシーが走り去るのを僕と理香さんは見送った。メモ帳には僕の部屋の電話番号を書いておいた。

「何者なのかしらね。あの運転手さん」

さっぱりわからない。

「そして本物の警察の旦那って何？」

「あ、すみません。つい調子に乗ってこの黒い手帳を見せてしまって」

理香さんは、何やってんのよ、って顔をして僕を見た。

「でも、悪い人じゃないような気はしますけど」

「それは、確かにそうね」

理香さんが頷いたので安心した。僕なんかよりはるかに人を見る目はあるはずだから。

「それにしても」

理香さんが腕組みする。

「何が目的だったのかしら。あの車に乗った男たちは」

「考えられるのはひとつですよね」

「やっぱりそう思う？」

「思います」

たいそうさんの自宅を確認する事だ。芸能人の自宅を知ってるのは家族や親しい友人を除いては、芸能関係者以外いない。そして、芸能関係者って言っても事務所の人間以外にテレビ局やら映画関係やらけっこうたくさんいたりする。

「たいそうさんの自宅を知る手段がなかったって事は、あの車に乗っていた連中はこの業界の人間じゃないって事になりますよね」

「そうよね」

それは一体、どんな業界の人なのか。不安ばっかりが募ってしまった。

「たいそうさんに言っておきましょうか？　こんなことがあったんだけど、何か心当たりはあるかって」

その方がいいわね、って理香さんが頷いた。

「どしたのー、二人揃ってぇ」

ドアを開けてくれたたいそうさんは、甚平にステテコ姿になっていた。前に聞いた事あるけど、家ではいつもその恰好《かっこう》だって。似合い過ぎて笑えてしまう。

「こんばんは！」

奥さんの菜々子《ななこ》さんだ。たいそうさんと同い年で、幼馴染みだって話だ。前に一度会った事があったけど、背が小さくて顔が丸くて眼も真ん丸でコロコロしていて可愛くて、そして笑顔もすごくコロコロしているんだ。その笑顔を見ていると楽しくなってきてこっちも微笑んでしまうような女性。普段のたいそうさんは、どっちかと言えば無愛想であんまり喋らないので、奥さんの菜々子さんの方がずっと喋っているって聞いてる。

たいそうさんにはまだ子供はいない。二人は小さな頃から家が隣同士で仲が良くて、結婚する前からほとんど一緒に住んでいたようなものらしい。正式に籍を入れてここに引っ越してきたのは二年前だって聞いてる。

四階建ての小さなマンションだけど、少し高台にあってベランダから東京の街が見渡せていいんだって、たいそうさんは前に話してくれたっけ。

「実はね、たいそうさん」

居間にある小さな革のソファに座って、たいそうさんと向かい合って理香さんが言った。菜々子さんがお茶を淹《い》れて台所から持ってきてくれた。

「今、たいそうさんを尾けていた男たちがいたの」

「ええっ？」

たいそうさんは小さな眼を大きく開いて、びっくりしてた。理香さんが、怪しい車を見かけて、それで今夜僕に指示してタクシーでついさっきまで追いかけてきた話をすると、たいそうさんも菜々子さんも眼を白黒させていた。

「そんな事があったんだ」

顔を顰めたたいそうさんは首を捻ってから言った。

「カンスケさんって事は、あー、ないか。僕の家まで尾けて来たんだから」

「そうね。両方の家を確かめたって場合も可能性としてはあるかもしれないけれど」

「それに、気づかれない内にメンバー全員の家を確かめた可能性もありますね。そんな事をして何をするのかまったくわからないけど」

僕が言ったら、たいそうさんも理香さんも頷いた。

「一応カンスケさんにも言うけれど、でも、住所を確認したっていうのは、カンスケさんよりはたいそうさんの可能性が高いと思うんだ」

理香さんが言った。

「確かにね。そうだね」

たいそうさんも頷いた。カンスケさんはトレインズのリーダーだ。はっきり言って知名度はたいそうさんの何倍もあって、実家も有名だし、マンションだってもう知られているはずだ。

たいそうさんは、トレインズの中では言っちゃあ悪いけどいちばん地味だ。顔立ちにも特徴はないし、ウケる芸も今のところ、ない。人気度ってものがあるとすると、本当にごめんなさいだけど、トレインズの中では最下位だと思う。

だから、住所を調べようと思ったら、訊いて回るよりは確かに尾行するのがいちばん手っ取り早いと思う。

「たいそうさん、何かトラブルはなかった？　変な人たちに後を尾けられるような？もしあったのなら、早急に対処するためにここで確認しておきたいんだけど」

真面目な顔をして、理香さんが言う。菜々子さんはたいそうさんの隣に座って心配そうな顔をしてたいそうさんを見ていた。たいそうさんは、しばらく下を向きながら少し首を傾げて考えるようにしていたんだ。考えるって事は何かあるんだろうかって思っていたんだけど。

「尾行か」

たいそうさんは小さい声でそう呟《つぶや》いて、溜息《ためいき》をついた。

「理香ちゃん、チャコ」

たいそうさんが顔を上げた。

「正直、まったくないとは言えないんだ」

唇が歪んだ。

「どんなトラブル？」

理香さんが訊いた。菜々子さんが、たいそうさんの肩に手を置いた。たいそうさんは、菜々子さんの顔を見て、小さく頷いた。それから、僕と理香さんの顔を見た。

「僕の、家の事情なんだけど」

たいそうさんが、辛《つら》そうだ。

「たぶん、借金絡みだと思う」

借金。

理香さんが思わず前に身を乗り出した。

「たいそうさん何をやったの？　ギャンブル？　そんな大事になる前にどうして」

「違う違う理香ちゃん。僕の借金じゃない。親父なんだ」

お父さん？　たいそうさんのお父さんって。理香さんと顔を見合わせた。

「たいそうさんのお父様は会社を経営している方よね。実業家で」

そう聞いてる。たいそうさんの家はけっこう裕福だってピーさんがいつも羨《うらや》ましがってる。トレインズがまったく売れていない頃も、たいそうさんはいい楽器を買ったり皆にご飯を奢《おご》ったりしていたって。

「これは誰にも言ってない事で、知られたくないんだけどどうしようもないね」

少し悲しそうな表情でたいそうさんは言った。

「僕の本当の父親はね、名前を小野次雄《おのつぎお》って言うんだ」

小野次雄さん。たいそうさんの本名は児島康一《こじまこういち》だ。名字が違う。

「親父は戦争に行ったけど運良く生き残ってさ、帰ってきた一人なんだ。僕は戦争が終わるまで親父の顔は写真でしか見たことがなかったんだよ。出征したときにはまだ本当に小さかったからね」

そうか、たいそうさんはトレインズの中でもナベちゃんと並んで若いけど、戦時中に生まれた人だった。僕は、トレインズの中でたった一人の戦後生まれだ。

「帰ってきたのはいいけどね。あの頃の話だから僕と妹を抱えてさ、バラック暮らしでさ。親父は何か、お袋の話じゃあ料理の腕があったのでコックとして働き出したんだけど、何だろうなぁ」

たいそうさんは頭を掻《か》いて苦笑いした。

「結構なろくでなしみたいでさ。それこそ一攫千金《いっかくせんきん》を狙ってギャンブルばっかりやってさ。借金こしらえてどっかに雲隠れしちゃったんだ。お袋と僕と妹を残してね」

菜々子さんは幼馴染みだから、そういう事情を何もかも知ってるんだろう。心配そうにたいそうさんの顔を見つめている。

「お袋は、苦労したよ。それはもう皆がわかってくれると思うけどさ。頼れる親類とか少なくて、もちろん空襲で死んじゃっていたり。僕も小さいながらも理解できていたから、一生懸命に小さな妹の面倒を見たりしていたよ。本当に、大変だったんだ」

理香さんは、その頃の状況がよくわかるんだろうと思う。眉間《みけん》に皺《しわ》を寄せながら、頷いていた。

「それでもね、お袋には他の人にはないものがあったんだ。それで僕ら兄妹《きょうだい》は救われたようなものさ」

たいそうさんはそう言った後に何かを思い出したように立ち上がって、窓際の小さなテーブルに置いてあった写真立てを持ってきた。

「これ、僕と妹と、お袋ね」

写真館で撮った写真だ。まだ小学生ぐらいのたいそうさんと、そして小さな妹さん。それからお母さんが写っている。

そして、たいそうさんの言ってる意味がわかった。

「奇麗な人なのね」

理香さんが思わず呟いた。そう、たいそうさんのお母さんは、とても奇麗な人だったんだ。まるでそのまま女優さんにしてもいいぐらいに。妹さんもお母さんにそっくりだった。すると、たいそうさんは父親似ってことになるのか。

「その奇麗さが、僕たちを救ってくれたんだ」

「どういう意味なの？」

「母はね、児島昌次《まさつぐ》という男の妾《めかけ》になったんだよ」

妾。

「児島商事という会社の社長だよ。今はもう会長職に近いけどね。まぁまぁの商事会社だよ。今の父はね、夜の店で働き出した母を見初めてね。本妻はいたんだけど、母を自分の別宅に住まわせたんだ。僕と妹、名前は茉理《まり》っていうんだけど、二人とも一緒にね」

そういう話になるのか。たいそうさんは、お茶を一口飲んでそれから煙草に火を点けた。

「この話をするのは久しぶりだなぁ。トレインズに入ってすぐにカンスケさんに話したきりだから」

「カンスケさんは知っているんですね」

「細かい事は話していないけどね。実の父親は違うんだって事だけは」

そうだったのか。

「児島昌次という人はね、いい父親だったよ。別に僕ら兄妹を苛《いじ》めたり無視したりはしなかった。妹は本当の父より児島さんの方をお父さんだって思っているぐらいだ。ちゃんと学校に通わせてくれたし、妾と言っても週に三回ぐらいは家に来て泊まっていったから、むしろ世の中の親父さんより頻繁に顔を合わせていたかもね」

「私も」

菜々子さんが口を開いた。

「最初は、児島のお父さんが本当のお父さんなんだって思っていたぐらいです」

「じゃあ、その家で隣同士になったんですね？」

言ったら、二人で顔を見合わせて微笑んで頷いた。

「そうなんだ。菜々子の家も実は父親がいなくてね。お母さんが働いていたので、菜々子はほとんど我が家で過ごしていたぐらい。そういう意味では、母が妾になってくれたお陰《かげ》でこうしていられるんだけど」

　こうして見るたいそうさんと菜々子さんは幸せそうだ。まるでお内裏さまとお雛《ひな》さまがそこにいるみたいに、しっくりと来ている。

「じゃあ、その児島さんの会社が傾いたとかいう話になるの？」

「あぁ違う違う」

　たいそうさんが手を振った。

「児島の父の会社は順調だよ。何の心配もない。もっと言うと今は母は妾じゃない。正妻だ」

「あ、そうなんですか」

　こくん、と頷いた。

「まぁいろいろあったんだけど、戸籍上も僕と茉理は児島の父の養子になっている。今も茉理は児島の家で暮らしているよ。僕がこうやって〈ザ・トレインズ〉のメンバーとしてやっているのを家族皆で喜んでくれているよ」

　すると、お父さんの借金というのは。

「本当の父親、小野次雄はてっきりどこかでのたれ死んでいるかと思っていた。実際母との離婚も成立しているからね」

「ところが、生きていたのね？　小野次雄さんは」

　理香さんだ。たいそうさんが、頷いた。

「顔を見せてはいないんだ。電話があっただけで。でも、『俺は児島たいそうの父親だ』と名乗って、あちこちで借金をしているらしいんだ」

うわぁ。

「最悪ね」

理香さんが吐き捨てるように言ってから、ごめんなさい、って謝った。

「仮にも、本当のお父さんよね。たいそうさんにしてみれば」

「いや、いいんだ。本当に最悪だよ」

「その話はどこから聞こえてきたんですか？」

「今の父親からだよ。金融機関から電話があったんだ。『児島たいそうの父』を名乗る男がいるけれど、あなたですかってね。それで発覚した。もちろん、その金融機関とは児島の父が直接会って話したから、問題はなかったけど」

「どれぐらいの借金があるかはわかっているの？」

理香さんが訊くと、たいそうさんは首を横に振った。

「まだわからないんだ。その電話があったのは二ヶ月ぐらい前さ。真っ当な金融機関には児島の父から書面を回したから、特に問題はないと思う。でも、世の中には真っ当じゃない金融機関はたくさんある。だから、いつかそんな話がまた来るんじゃないかって思っていたんだけど」

「その通りね」

たいそうさんが、溜息をついた。

「もう離婚が成立しているとは言っても、父親は父親だ。現れるなら現れるで、顔を見せてくれればいいものを。金だって、生活に困っているのなら多少は援助できるのに」

悲しそうに下を向いてたいそうさんは、また大きな溜息をついた。

「そういう事なら」

理香さんだ。

「今回の、たいそうさんの後を尾けた男たちは、小野次雄さんにお金を貸した男たちって事も充分考えられるわね。父親の借金を、たいそうさんに肩代わりさせるために」

最悪だ。

「真っ当な連中じゃないですよね」

「そういう事になるのかなぁ」

たいそうさんは情けない声を出した。

芸能界にも通じていない、かつ、真っ当な金融機関でもない、そして尾行するのに手練れの連中。考えたら、背筋に冷たいものが走ってしまった。

「たいそうさん、しばらく児島さんの家に行っていたらどうかな？」

理香さんだ。

「児島の家？」

「そうよ。どう考えてもまともな連中が来るとは思えないわ。今夜の段階では住所を確認したただけだとしたら、やってくるのは明日以降よね。その前に避難するの。児島さんの家はきっと大きな家なんでしょう？　お母さんも妹さんも住んでいる。ひょっとしたらその他にもご一緒の家族が」

「それなりに大きいね。児島の祖父と祖母もいるし、運転手も住み込みでいる」

すごい。そんな裕福な家の子供になっていたんだたいそうさん。

「それじゃあ、危ない連中だっておいそれとやってこられないわよ。お父さんの借金の件はともかくとしても、いきなり家の中に踏み込まれたりはしないわ。菜々子さんもそうした方が安心よ」

「そうですよ。今すぐにでも電話して、荷物をまとめて向かった方がいいです」

本当にそういう連中なのかどうかはまだわからないけれど、もしも違ったのなら笑い話で済ませばいいだけだ。


たいそうさんと菜々子さんがとりあえずの荷物をまとめて、児島の家へタクシーで向かうのを確認して、僕と理香さんもタクシーに乗った。

「とりあえず父にも相談しておくわ。『児島たいそうの父』を名乗っているって事は、うちの事務所にその手の連中が接触してくるかもしれないから」

「そうですね。他のメンバーには明日でいいですか？　話すのは」

理香さんは少し考えてから、頷いた。

「そうね。細かいところはともかくとして、おかしな連中が周りに出没するかもしれないって事はね。他の皆にも注意してもらわなきゃ。もちろん、チャコちゃんもね」

「了解です」

「大丈夫よね？　チャコちゃんは」

「何がですか？　あ、借金ですか？　僕はそんなのはまったくないですよ」

ギャラは確かに安いけど、ご飯とかはメンバーの皆が奢ってくれるし。贅沢なんかしようとは思わないし、ギャンブルも僕はほとんどしない。せいぜいパチンコぐらいだ。

そう言ったら、理香さんは僕の顔を見た。

「何ですか？」

「それもそうだけど、他にも何か、心配事とか悩み事はない？」

心配事や悩み事。

うん。ひょっとしたら理香さんも香緒梨さんとの事を薄々わかっているのかもしれないけど。

「大丈夫です。全然、今は何もないです」

そう言ったら、うん、って理香さんが頷いて、ニコッと笑った。

アパートの、六畳一間の自分の部屋に帰ってきてふと気づいたんだけど。社長が言ってたよね。『何でここんところずっと機嫌が悪かったんだろうな』って。

ろうか？

それって。

「あれって」

理香さんが僕と香緒梨さんの事に気づいていて、それで機嫌が悪かったって事なんだろうか？

それって。

「いやいやいや」

違うよね。そんなはずないよね。理香さんは修業のために普通のマネージャーをやってこそいるけど、社長令嬢だ。将来は事務所を背負《しょ》って立つ人だ。僕はまだ正式なタレントでもないただのボーヤで弟子だ。そんなはずはない。理香さんは年上だし。うん、違う違う。

そんな事を考えていたら、電話が鳴った。

「はい、葛西です」

(旦那ですかい)

わっ！　って思ってしまった。このだみ声。この喋り方。

「ひょっとして、運転手さん？」

(そうです。お帰りですね)

「うん、帰ってきましたけど、どうしました？」

運転手さんはどこから電話してるんだろう。

(さっきのあいつらのヤサをつきとめておきやした。どうしやしょうか。この電話でお

話しやすか。それとも会いますか）

　会う？

「会うって、どこでですか？」

（アパートの前にタクシーを停めていやす）

　え？

　カーテンを開けて窓の外を見たら、本当にタクシーが停まっていた。

「何で知ってるんですか？」

（旦那の部屋は、四号室ですよね。あっしの部屋は六号室です）

「ええっ？」

（今、部屋の電話から掛けておりやす）

　同じアパートの人だったの？　慌てて電話を切って外へ出たら廊下の向こうの六号室のドアが開いた。あの運転手さんが僕を見て、にいっ、と笑った。四角い顔に短い髪の毛。黒縁眼鏡の奥の眼は意外にパッチリと大きい。

　人差し指を一本立てて口に当ててからひょいと下へ向けたので、ここじゃ話せないからタクシーへ、って事だろうと思ってそのまま静かに二人で停まっていたタクシーへ移動した。中に乗り込んだら、運転手さんが運転席から振り向いて頭を下げた。

「改めまして、堺谷《さかいや》と申しやす」

　堺谷さん。

「僕の事を知ってたんですね？」

「何度もお姿を拝見していやしたね。そしてテレビに出ておられるのも」

うわぁ、じゃあ最初から言ってくれればいいのに。

「警察のフリをしたのもわかってたの？」

堺谷さんは、こくり、と頷いた。

「わかりやしたが、テレビの人たちは何をするかわかんねぇですからね。調子を合わせてやした」

「なんかすみません、ありがとうございます」

それで、わざわざあの車の住所をつきとめるなんてしてくれたのか。

「それで、葛西の旦那」

「旦那はもう勘弁してください」

「あの車の連中は〈硯斉《けんざい》〉ってぇ会社の連中でしたぜ」

「けんざい？」

全然字面が思い浮かばない。

「硯《すずり》に斉藤の斉ですね。商社ですよ。大きくはねぇですがね。ただし、商社と言ってもその中身はけっこうヤバい事をやってるところだっていう噂は聞きやすがね」

「どうしてそんな噂を？」

訊いたら堺谷さんはニヤリと笑った。

「不思議とね、タクシーの後ろで話しても運転手は聞いてないと皆さん錯覚なさるんですね。夜流してますと、いろんな話が入ってきますぜ。そいつを仲間内でも話し合いますからね。お互いにヤバいもんにはかかわりたくないんで」

そうか。そういえばそうかもしれない。僕たちもタクシーに乗っていると内緒の話をあれこれとしてしまう事がある。

「だもんで、用心しておいた方がいいですぜ。中に乗っていたのはとても商社のサラリーマンには見えねぇ連中でした」

★

木曜日。

昨日決まった台本も上がってきて、そして大道具さんの図面も上がってきて、それを見ながらリハーサルをしてオッケーならすぐに大道具さんは製作に入るので、午前中からスタジオに集まらなきゃならない。

でも、たいそうさんが、まだ来てない。

気になってしょうがなかったので今日はいつもより早めに来ていたんだ。いつものようにいちばんにやってくるのはカンスケさん。そして次にナベちゃん、その次はもうその日によって違うんだけど今日はピーさんがきて、銀さんが来て。

たいそうさんが来ていないんだ。もうすぐリハーサル開始の十時になる。それなのに来ていない。たいそうさんが今まで遅刻した事は、少なくとも僕が入ってきてからは、ない。

理香さんがスタジオに文字通り飛び込んできて、すぐに見回してたいそうさんがいないことに気づいた。

「チャコちゃん」

「まだ来てません」

他のメンバーにはまだ何も話していないから、いきなり僕と理香さんがわりと焦った感じでそんな会話をしたもんだから、銀さんが煙草を吹かしながら首を捻った。

「何だよ。たいそうが具合でも悪いのか?」

僕と理香さんはたぶん眉間に皺を寄せていた。その様子が気になったんだろう。テーブルの上の台本を読んでいたカンスケさんも顔を上げた。

「どうした理香ちゃん。たいそう、遅刻か?」

理香さんが、顔を顰めた。

「朝、私が家を出る前に電話して確認したの。たいそうさんは家を出ましたかって。そうしたら奥さんの菜々子さんが、もう十五分も前にタクシーに乗って出ましたって」

カンスケさんが首を捻って壁の掛け時計を見た。

「じゃあ、もうとっくに着いていてもいい頃だな」

「何だよどうしたんだよ」

銀さんだ。

「たいそう、失踪《しっそう》？」

ギャグのつもりで言ったんだろうけど、その言葉に僕も理香さんも固まってしまった。

「おいおいおい、どうしたんだよ二人とも本当に」

カンスケさんの声が、響いた。

★

部屋に他のスタッフは誰もいなかったので、昨日の夜にあった事を、たいそうさんには本当のお父さんがいるのも含めて、借金の事も全部皆に理香さんと二人で話をした。たいそうさんが誰にも言ってなかった事実を全部教えるのにはちょっと迷ったけど、どう考えても、たいそうさんが今ここにいないのはおかしいんだ。

理香さんが家を出る前に電話確認して、その時点で十五分も前に出たのなら、三十分以上も前にここに着いていないとおかしい。

「仮に、突然何かの用事を思い出したとしても、どっかに寄ってくるとしたらあいつはちゃんと電話してくるよな」

銀さんが言うと、皆が頷いた。そうなんだ。そういうところ、たいそうさんはきっちりしている。皆が壁の時計を見上げた。

「確かに、おかしいな」

カンスケさんが顔を顰めた。

「いや、でも、でもね」

ナベちゃんだ。

「何かあったって思います？　家を出たのにここに来てないって事は！」

「事故は、考えられるよね」

ピーさんだ。ピーさんは本当に真面目な話になると、普段は閉じてるようにしか思えない細い眼がはっきりと見えるようになるんだ。

「そんな借金抱えた親父さんとかはまったく関係なくて、来る途中でタクシーが事故に遭ったとかね。いや縁起でもないけどさぁ」

「まぁ、確かにそいつはあるな」

銀さんが頷いた。確かにその可能性は、ある。

「それならすぐに連絡入るだろうよ。仮にたいそうが意識不明だったとしても、顔を見りゃあ大抵の人は気づいてくれる。『あ、これは〈ザ・トレインズ〉のたいそうだ』って」

カンスケさんが言う。

「そうよ。銀さんの時もそうだったじゃない。どこよりも早く局に電話が掛かってきたわ」

銀さんがあちゃあ、といった表情で首を捻った。

そうだった。まだ僕がボーヤになる前の話なんだけど、酔っぱらってそこらで寝込んでいた銀さんを見つけた通り掛かりの人が、局に電話してきてくれたそうだ。〈ザ・トレインズ〉の銀さんが道路で寝ているって。

「でも、連絡は入っていない。たいそうからの電話もないって事は」

皆で顔を見合わせてしまった。

「その何とかっていう連中に連れていかれたかもしれないって話になっちまうか」

カンスケさんが言った。

「いやでも！　もしもですよ？　お父さんの借金を返せって話になったとしても、たいそうさんを連れ去っても何にもならないでしょうよ。それなら単純に家とかここに押しかけて『金返せ』って脅せば済む話じゃない？」

ナベちゃんが泣きそうな顔になって言った。

「そこなんだけどね」

理香さんだ。

「ちょっと調べてみたんだけど、たいそうさんを尾行していた〈硯斉〉って会社は、一応はきちんとした商社なのよ。それでね、今のたいそうさんのお父さんの会社である児島商事も、商事会社、つまり商社でしょう？　そしてたいそうさんは児島のお父さんの養子に、つまり息子になっているし、児島社長には他に男の子供はいないのよ」

「跡継ぎ候補って話か？」

　カンスケさんだ。

「しかしそりゃあたいそうは断っているはずだぞ。別に同族経営でやっていくような会社でもないんだからって」

「そういう話をした事あるのか？　たいそうと」

　銀さんが訊いたら、カンスケさんは頷いた。

「別に正面切って身の上話をしたわけじゃないがな。そんなような事を言ってたよ。自分は一生ミュージシャンで、〈ザ・トレインズ〉のメンバーとしてやっていくんだってな。家族ともそういう話はしてるとな」

　そうなのか。そういう覚悟をたいそうさんはしていたんだ。

「それでも、児島商事の社長の息子である事には変わりないわ。しかも人気グループである〈ザ・トレインズ〉の一員よ」

　理香さんが言うと、カンスケさんがパン！　と大きな手の平を打って音を出した。

「借金のカタか！」

「カタ？」

「たいそう個人を、実の親父の借金のカタにその会社で囲い込んで、児島商事もろとも乗っ取ろうって腹積もりって事か?!」

「ええっ！」

　全員で声を上げてしまった。

「そんな大事にぃ?!」

　ピーさんがこんな大声を出すなんて、僕がトレインズに入って以来じゃ初めてじゃないかってそっちの方に驚いてしまった。

「考えられないこっちゃねぇな」

　銀さんは顎《あご》を撫でながら言った。

「そいつらがたいそうの性格まで調べ上げて、単に借金を返してもらうだけじゃなく有名人の立場を利用しようなんて考えたら、アリだ」

「でも、そんな事をどうやって」

「契約だよチャコ。契約書」

　カンスケさんが思いっきり僕に向かって唇を突き出した。

「そういう契約書さえ作っちまって判を捺《お》しさえすれば、あっちのもんだ。ひょっとしたら、たいそうは何も言ってなかったが、児島商事の役員に名前だけは入っているんじゃないのか？　そこまで向こうは調べ上げていたんじゃないのか?!」

「そこなの」

　理香さんだ。

「私も、ただのマネージャーでしかないけれど、実は鹿島芸能事務所の役員の一人よ。

もしも、たいそうさんが同じような立場だとして、もしも契約書に判子を捺したとしたら、その判子の効力は絶大よ」

「でもよ」

銀さんだ。

「こっちの契約があるだろ！　俺らは鹿島芸能事務所と契約したミュージシャンだろうが。そんな契約書を作ったたって」

理香さんが首を横に振った。

「うちは〈ザ・トレインズ〉を契約書で囲ってはいないわよ銀さん。あくまでもマネージメントとギャランティの覚え書きだけ。そういう約束でしょ？　才能は縛りつけるものじゃなく、自由を持ってこそ発揮される」

そうだった。それが社長のやり方。事務所はあくまでもタレントの才能を羽ばたかせるためにあるもので縛りつけるものじゃない。僕もそうだ。あくまでも〈ザ・トレインズ〉のメンバーである僕はマネージメントを鹿島芸能事務所がやっているだけで、契約で縛られてはいない。

「ここ三年の間に新しく入ってきたタレントたちとは契約書を交わしているけど、それも一年毎の契約。向こうの契約がその契約が切れてから有効としておけばうちとの契約は何の効力も持たないわ」

銀さんが、唇をひん曲げた。

「こんな時にそれが仇《あだ》になるとはな」

　こうやって話している間にも時間は流れていく。皆がまた壁の時計を見た。たいそうさんは来ないし、連絡も入らない。

「とにかく、来るのを待つしかないのか？」

　銀さんが言った。皆が腕を組んで考え込んだり、頭を掻いたり、煙草を吹かしたりして時間が過ぎていくのを待っていたけど、一分も持たなかった。

「僕、捜してきます」

「どこをだよ」

「とりあえず堺谷さんに聞いたあの〈硯斉〉って会社に行ってみて」

「行ってどうするんだよ。乗り込んで暴れるのか？」

　銀さんがそう言いながら立ち上がって、それまで裸足《はだし》になっていたんだけど靴下と靴を履き始めた。それを見たカンスケさんも組んでいた腕をほどいて、コート掛けに掛けていた自分のジャケットを取った。

「理香ちゃんよ」

「はい」

「俺の自由になる金、事務所にいくらある？」

「いくらって」

　カンスケさんは、一度唇を引き締めた。

「どんな事情になっているかはわからんが、わかっている事はひとつだ。たいそうの親父に借金があるって事だ。そして、たいそうは実の親父を見殺しにはできない。借金を払わん事にはたいそうは自由にならないんだろう。だったら、俺のしてやれる事はただひとつだ。俺が事務所に借りられるだけの金を取ってきてくれ。先に〈硯斉〉に乗り込んで話をしてくる」

「俺も行くぜ」

銀さんだ。

「俺とカンスケの二人分なら、けっこうなもんになるだろ。借金がどんだけあるかわからんが、たいそうを返してもらう頭金にはなるだろ。あるだけ持ってこいよ理香ちゃん」

「それなら僕も！」

ナベちゃんが手を挙げた。

「しょうがないよね」

ピーさんも、立ち上がった。

「僕ら四人分、いやぁたいそうとチャコの分も入れて〈ザ・トレインズ〉が事務所に借りられるだけの金を集めてきてよ理香ちゃん」

「皆」

理香さんが、眼をパチパチさせた。

「さすがにさぁ」

ピーさんがズボンのベルトを穴一つ締め直しながら言った。

「向こうがどんなにヤバい連中でもね、〈ザ・トレインズ〉が全員集まったんなら、そのまんま東京湾に沈めるわけにはいかないでしょう？　おまけにお金を持っていきゃ命までは取られないよ」

「その通りさな。行くぜチャコ。表でタクシー二台停めろ」

「はい！」

★

「堺谷さん！」

びっくりした。本当にびっくりした。裏口から出て、ちょうどやってきたタクシーを停めたら、そのタクシーの運転手さんが、堺谷さんだったんだ。

「どうしたんですか？」

運転席から出て来た堺谷さんに訊いた。

「そりゃこっちの台詞ですよ旦那。皆さんお揃いで、血相変えてどうしたんですか」

たまたま通りかかったら僕たちが裏口から出てくるのが見えたし、お客さんも乗せていなかったから停まったんだって堺谷さんは続けた。

何ていうラッキー。

「この人か？　チャコ」

後ろからカンスケさんが訊くので頷いた。

「そうなんです。堺谷さん、たいそうさんが、来ていないんだ。これからリハなのに、どこかに消えてしまったんだ」

堺谷さんが顔を顰めた。

「来ていない？」

「朝、タクシーに乗ってこっちに向かって、とっくに着いている時間なのに姿が見えないんだ」

「そりゃあ」

堺谷さんが皆を見回した。

「例の件が絡んでいるんでやすか」

「わからないけど、それしか考えられないんだ。他に捜すあてもない。だから、これから〈硯斉〉に行こうと思っていたんだけど」

「任せといてくだせぇ」

堺谷さんが胸を叩いた。任せるって、何を任せるんだ堺谷さん。

「タクシーに乗ったのは間違いねぇんでやしょう？」

「間違いない。奥さんがそう言っていたんだって」

堺谷さんが頷いた。

「それじゃあ、たいそうの旦那を乗せた運転手は必ずいるってこってす。まずはそいつを見つけやしょう」

「見つけるって」

そうか。

「無線で」

「へい。時間と場所はどこでやすか？　たいそうの旦那がタクシーに乗ったのは」

「朝の九時頃。田園調布《でんえんちょうふ》」

「わかりやした」

堺谷さんがタクシーの窓から手を突っ込んで、無線のマイクを手にした。

「東三十四　堺谷だ。今朝の九時頃、田園調布で〈ザ・トレインズ〉のたいそうさんを乗せた奴連絡くれ。緊急案件だ。他の会社にも訊いてくれ」

〈東三十四　了解。緊急案件で全車に問う〉

スピーカーから聞こえたのはきっと会社で配車をしている人の声なんだろう。

〈緊急全車通信　本日午前九時頃、田園調布で〈ザ・トレインズ〉のたいそうさんを乗せた者がいたら至急連絡請う〉

〈東十一　ゼロハチに乗車しているのをたまたま田園調布駅付近で見かけた。ゼロハチに訊け〉

〈東十一　了解。ゼロハチに問い合わせる〉

うん、って堺谷さんが頷いた。

「ラッキーでやすね。どうやらうちのタクシーに乗ったようです。すぐに見つかりやすよ」

「すぐに連絡来るかい」

銀さんが後ろから訊くと、堺谷さんが頷いた。

「下手すりゃ警察無線より早いですよ。あっしらの商売はとにかく無線連絡が命でやす。生活かかってやすからね」

確かにそうだ。いち早く無線連絡で摑《つか》まえてお客さんを次々に乗せていかないと、商売上がったりだ。

「ゼロハチって何ですか？」

「車両番号ですよ。タクシーにはそれぞれ番号振ってありやすからね。この車は三十四です。ゼロハチは八番でやんすね」

スピーカーから音がした。

〈東ゼロハチから東三十四。松田《まつだ》から直接連絡請う〉

「堺谷だ。まっつぁん、たいそうさんを乗せたか？」

〈乗せたぜ〉

「どこで降ろした？」

一瞬沈黙があった。

〈サカイちゃん、今どこだ〉

「大角テレビの前だ。裏側の二番街の通りにいる」

〈ちょうどいい。すぐ近くにいるから三分で着く。待っててくれ〉

それで無線が切れた。

「待っててくれって」

言うと、堺谷さんは難しい顔をしたまま頷いた。

「無線じゃ説明し難《にく》い何かがあったんでやしょう。それを言いに来るんでやんすね。松田は真面目ないい奴です。待ちやしょう」

怪しい連中を追っているときに乗ったタクシーの運転手さんの事はさっき話したし、貴重な助言を貰《もら》った事も話していた。でも、偶然にも僕と同じアパートに住んでいる事はまだ話してなかったので教えると皆が驚いていた。

「合縁奇縁ってやつだな」

カンスケさんが言うので頷いた。本当にそうだ。

「あ、来やしたね」

堺谷さんのタクシーと同じ会社のタクシーがけっこうなスピードで走ってきて、かなり危ない感じで急停車したけれど、堺谷さんの車とピッタリ並ぶように停まった。さすがのテクニックなのか。

「お待たせ」

運転席側のドアが開いて出て来た松田さんは、髪の毛を七三に分けて白いワイシャツに真っ黒のサングラスを掛けたものすごい細身の人だった。まるで骸骨《がいこつ》にワイシャツを着せたみたいに。

「やっぱり何かあったのか」

松田さんが駆け寄ってきて堺谷さんに言った。

「何かって何だ」

松田さんがカンスケさんたちの方を見て、渋い顔をした。

「何か変だって思ったんですよ。たいそうさんが『大角テレビへ』って言うから走り出したら、後ろからついてくる車があったんですよ」

「黒塗りの車か？」

堺谷さんが訊くと、松田さんは頷いた。

「気にはなったが、ここまで来てよ。そしたらその車もすぐ後ろに停まりやがる。金払ってもらっているうちに、その車から降りた連中が外に並んでこっちを見てんだよ。たいそうさんはそれに気づかないで、どうも、ってんで車を降りたさ。ちょうどまさにこの場所でね」

「それで?!」

思わず訊いてしまった。

「たいそうさんは、その男たちと⁈」

松田さんは頷いた。

「ミラーで見ていたんだけどね。何か、驚いたみたいにしてその男たちと話して、そのまま黒塗りの車に乗っていったんだよ」

「無理矢理にですか⁈」

「いや、自分で乗ったんだよ」

カンスケさんと顔を見合わせてしまった。

「自分で」

松田さんが、顰めっ面をした。

「だから、気になってたんだよ。無理矢理乗せられたんなら、そりゃあ有名人が誘拐されたかもって警察に電話するさ。けど、自分で乗っていったからな。一体何だったんだろうって思ってさ。そうしたら」

堺谷さんを見た。

「俺から無線があったってか」

「そうさ。こりゃやっぱり何かあったんだなってな」

「まっつぁん、その黒塗りの車のナンバーは覚えてるかよ」

「おう」

松田さんがいったん自分の車に戻って、何かメモのような紙を持ってきた。

「控えておいたぜ。えーと××××だ」

堺谷さんが頷きながら僕を見た。

「葛西の旦那。間違いねぇでやすよ。昨日と同じ車でさぁ」

「〈硯斉〉って会社の」

「へい」

大きく堺谷さんが頷いた。

「じゃあ、こういうこったか？」

銀さんだ。

「昨日の今日で、たいそうがその〈硯斉〉って商社の連中に連れていかれた。けど、無理矢理じゃねぇって事は、そこにたいそうの本当の親父の〈小野次雄〉がいたって事だ。黒塗りの車の男たちに連れられて」

「だろうよ」

カンスケさんだ。

「松田さんとやらよ。あんたが見たその黒塗りの車から降りてきた男たちの中に、一人だけ毛色の違う男がいたとかなかったかい？」

松田さんがカンスケさんを見て頷いた。

「いましたよ。三人の男はスーツを着ていたのに、一人だけなんだかみすぼらしい恰好《かっこう》の男がね。よれよれのカーディガンにズボンで、まるで部屋でだらだらしていたところを突然連れて来られたみたいな男がね」

「それが、たいそうさんの親父さんだ！」

ナベちゃんが大きな声で言った。

「間違いないよね。たいそうはさ、親父さんがそこにいて、脅されたから一緒についていったんだよぉ」

ピーさんが心配そうな顔をして言った。

「状況から考えると、そういうこったな」

カンスケさんがそう言って、渋面を作った。

「悩んでいる暇はないな。ちょうど二台だ。済まないけど、俺たちをその〈硯斉〉って会社まで乗せていってくれ」

堺谷さんが、頷きながら渋い顔をした。

「もちろん、超特急で走りやすが、全員で乗り込むんですかい？　乗り込んでたいそうさんを救おうって事ですかい」

「そういうこった」

銀さんが頷いた。

「詳しい話をしている暇はねぇけどな。さっさと助け出さねぇと下手すりゃ〈ザ・トレインズ〉は解散だ」

「そりゃあとんでもねぇ。おいまっつぁん頼む」

「あいよ！」

二人が急いで運転席に乗り込んでドアを開けたので、僕は堺谷さんの隣に座った。後ろにカンスケさんと銀さん。松田さんのタクシーにナベちゃんとピーさんが乗り込んだ。

「行きやす」

タイヤを鳴らして堺谷さんがタクシーを発進させた。後ろを見たら、すぐに松田さんもついてきていた。

「カンスケの旦那」

「おう」

「細かい事はわかりやせんが、全員無事に戻ってリハーサルをやらねぇと、今週の《土曜だ！　バンバンバン！》が観られなくなっちまうんですね？」

「今週どころか」

銀さんだ。

「もう二度と観られなくなっちまうよ」

「そんな事させられませんぜ。日本中の子供たちが皆さんの《土曜だ！　バンバンバン！》をいちばんの楽しみにしてるんですぜ」

僕もそう思う。

「葛西の旦那」

「旦那はいいですから」

「お節介させてもらっていいですかね？」

　堺谷さんがハンドドルを握りながら言った。

「お節介って？」

「あっしにも、まだ小さい息子がいるんでやんすよ」

　息子さん。

「今は会えなくなっちまってるんですがね。その坊主が本当に《土曜だ！　バンバンバン！》が、〈ザ・トレインズ〉が大好きなんですよ。皆さんを守るために、無事にリハーサルができるように、お節介させてくだせぇ」

「助太刀してくれるんなら、そりゃあ助かるぜ。あんたは見るからに強そうだし頼もしそうだしな」

　銀さんが後ろから言って、堺谷さんがニヤリと笑った。

「あっしはただのタクシーの運ちゃんでさぁ。息子のためにも暴れて取っ捕まるわけにはいきやせん。でも」

「でも？」

「こんなことができやす」

　堺谷さんが、ハンドルを操りながら無線を手にして、何かのスイッチを押した。

「東三十四　堺谷だ。緊急事態だ。あの〈ザ・トレインズ〉のたいそうさんが拉致《らち》された。残ったメンバー全員が今からくそったれ野郎どもからたいそうさんを救いに行く。

加勢するぜ。全空車、いますぐに新宿《しんじゆく》五丁目の東向きにある〈硯斉〉ってぇビルに集まってくれ。角地のレンガ色した五階建てのビルだ。その周りを取り囲んで誰が来ようと一切近づけないように、ビルから外に出られないようにするんだ。頼むぜ！」

「な」

後ろで銀さんが声を上げた。僕も思わず後ろを見て、眼を丸くしてしまった。カンスケさんがあんぐりと口を開けた。

たった今、無線で話したのにもう僕らが乗ったタクシーの周りに、四台も同じ会社のタクシーが並んでいた。

「おいおいおい！」

銀さんが叫んで前を指差した。

「わ！」

あちこちから同じ色のタクシーが猛スピードで走ってくるのが見えた。二台、四台、六台。どんどん道路が同じ緑色のタクシーで。

「着きやしたぜ」

着いた。

確かに〈硯斉ビル〉っていう看板があるレンガ色のビルだ。

でも、もうその周りの道路は全部タクシーで埋まっていた。何十台いるのかわからない。たぶん、三十台や四十台じゃきかない。あちこちからクラクションの音が響いて耳を塞《ふさ》いでも無理なぐらいに騒がしいし、運転手さんが全員窓から顔を出していた。〈硯斉ビル〉の窓という窓からは、中にいる人たちが驚いた顔で、外を眺めているのがわかった。

★

「本当にもう」

リハーサル室に戻ってきて、理香さんが椅子に崩れ落ちるように座りこんで、溜息をついた。

「寿命が縮まったわ」

「僕らもですよ」

時計を見たら、ちょうどお昼時になっていた。

「おい、昼飯食おうぜ昼飯。出前だ出前。チャコ、出前取ってくれ。カツ丼だカツ丼。たっぷり栄養取らないとやってられねぇぜ」

銀さんが靴と靴下を脱いで叫んだ。カンスケさんがやれやれって感じで首をぐるぐる回した。ナベちゃんとピーさんは畳敷きのところにゴロンと横になった。たいそうさんは。

たいそうさんは、立ったまま僕たちを見回した。少し恥ずかしそうに、眼も潤んでいるかもしれない。でも、微笑んだ。

「皆」

静かにそう言うので、皆がたいそうさんを見た。

「本当に、本当に、ありがとう」

頭をゆっくり下げた。そしてそのまま動かなかった。動かなかったけど、涙が一滴、二滴落ちたのがわかった。

「馬鹿野郎」

銀さんがそう言って笑った。

「頭に血ぃ上るしよ、結局俺たちはただ迎えに行っただけなんだからよ。謝るようなこっちゃねぇよ」

「そうそう」

ピーさんがぐいん！ と起き上がった。ピーさん、横になった時だけは動きが素早いんだよね。

「お金も払わないで済んだし。何にもしてないよ僕たちはね」

そうなんだ。

僕たちがタクシーを降りて、ビルに乗り込んでいった途端に人がたくさん現れて、その中にたいそうさんもいた。ちょうどそこに理香さんも着いたんだ。ありったけのお金を持って。

どうしてたいそうさんを拉致するように連れて来たかは、ほぼ僕たちの予想通りだったはず。詳しくは向こうも言わなかったけど、カンスケさんが問い詰めるとそんな反応をしていた。

でも、その後の話し合いで結局お金はその場では払わなかった。とにかく、タクシーを全部引き払わせてくれって向こうはおろおろしていたんだ。

どこで何をしているかはわからないけど、表向きはカタギの商売。

人気者の〈ザ・トレインズ〉がタクシーを何十台も引き連れてきたら、すぐにテレビ局の中継車が飛んでくる。ニュースになってしまう。

それだけは勘弁してくれって事だったんだ。そして、後からきっちり話をするし借金もたいそうさんがしっかり返すって事で、たいそうさんも、たいそうさんのお父さんも解放してくれた。たいそうさんのお父さんには、タクシーで児島さんの家に行ってもらった。後で、リハが終わってから家族でゆっくり話をする予定。

「でも」

たいそうさんが顔を上げた。涙でくしゃくしゃだった。

「皆が来てくれたから」

「いいってことだ」

カンスケさんが、たいそうさんの肩を叩いた。

「俺たちはよ、皆が揃ってこその〈ザ・トレインズ〉だ。バラバラになっちまったらそれぞれが非力なんだから何にもできなくなっちまう。バラ売りなんかしたら仕事がなくなっちまうからよ。自分のためにやった事だぜ。なぁ！」

皆に向かってそう言って、全員がそうそう、って笑った。

「まったくもう」

理香さんがショットグラスをくいっ、と空けた。本番が終わって皆を見送って、帰るのに一緒にタクシーに乗ったら「一杯付き合いなさい」って理香さんに引っ張られるようにして〈カルチェラタン〉に連れて来られたんだ。

「理香さん、そんな風に飲むと悪酔いしますよ」

「悪酔いもするわよ本当にもう」

うん、気持ちはわかる。大金を事務所から掻き集めて怖い連中に囲まれて大騒ぎになって何かあったら全部理香さんの責任になってしまうところを、すんでのところで何もお咎《とが》め無しになったんだから。

はぁ、って理香さんが溜息をつく。

「でも、良かった。皆無事で」

うん、良かった。堺谷さんもあんな風に道路を封鎖したみたいになって警察に捕まらないかと心配したけれど、そんなに長い時間じゃなかったし、注意をされただけで済んだし。お礼に息子さんにってメンバー全員で《土曜だ！　バンバンバン！》で着ている衣裳にサインをして渡したら、本当に喜んでくれていた。

「堺谷さん、〈ザ・トレインズ〉の専属運転手になってくれないですかね？」

「あ、いいわねそれ」

あの人がいつも一緒についてくれたら、全然安心だ。

「いつも一緒かぁ」

理香さんが、グラスをくるくる回しながら呟くように言った。

「何ですか？」

ううん、って微笑んだ。くたっ、と身体の力を抜くようにカウンターに凭《もた》れ掛かった。

あ、これもう理香さん酔ってるな。

「いつも一緒だといいかな、って」

そうですよね、って言おうとして、それは堺谷さんが運転手でってことですよねって確認しようとしたら、理香さんがカウンターに突っ伏していた。

「あ」

これは、もうダメだ。

連れて帰らなきゃ。タクシーに乗せなきゃ。

# 禁じられない逃避行

「おおチャコチャコチャコチャコチャコ！」

いつものようにメンバーの皆《みんな》より早く春日公会堂に入って、楽屋の準備をしていたらドアがバーン！　って思いっきり大げさに開かれて、プロデューサーのマッケンさんが入ってきた。

「何ですか何ですか」

人の名前をドラム叩《たた》くみたいに。

「皆はまだだよな？　理香ちゃんも来てないよな？」

「まだですよ」

「よしオッケー。ちょっとチャコに話があるんだがよ」

そう言いながら僕の肩にガシッと腕を回してほとんど首固めにして壁際に僕を引っ張っていく。本当にマッケンさんはいつも酒臭い。これさえなきゃ、フランス製だっていう香水は良《い》い香りなのに。

「肩なんか組まなくたって話はできますってマッケンさん」

「そんなつれない事を言うなよチャコちゃん。オレはお前が大好きなんだよ」

「やめてくださいね本当にそういうの」

女好きで給料は全部商売女に注ぎ込んでいるって噂のマッケンさん。だから男には興味ないって言うけど、若いアイドルの男の子のケツをすぐに触ってくるのでも有名なんだ。

「あのな、ナベちゃんって福島出身だよな」

「そうですね──福島県の会津若松《あいづわかまつ》市だって聞いてる。今もお母さんが実家に一人で住んでいるんだ。

「麻里《まり》ちゃんもよ確か福島じゃん」

「麻里ちゃんですか？」

今や芸能界でも三本の指に入るんじゃないかっていうぐらいに大人気のアイドル、上《うえ》原《はら》麻里ちゃん。デビューの時から《土曜だ！　バンバンバン！》にはよく出てくれて、彼女がゲストで来た時には麻里ちゃんメインのコントもあるんだ。

彼女は本当にコントが上手《うま》い。それはつまり演技の勘がいいってことで、まだまだ数は少ないけれどドラマの主演もやっている。明るくて元気で、才能に溢《あふ》れたアイドル。

「詳しくは知らないですけど、そうでしたね」

一緒にコントをやってるナベちゃんと二人で、福島の方の方言で話している事もよくある。マッケンさんが、またグッと力を込めて僕を引き寄せて小声で言った。

「あの二人って、デビュー前から故郷で知り合いだった、なんて話は聞いてないよな？」

「聞いてませんね」

麻里ちゃんは確か二十歳でナベちゃんは二十五歳だから、小学校は別にして学校で一緒なんてことはたぶんない。

「それに、確か麻里ちゃんの実家は福島市にあるって前に言ってたような。ナベちゃんは会津若松市だから、接点はないと思いますけど」

ふぅむ、って唸《うな》って、うんうん、ってマッケンさんは頷《うなず》く。

何だ何だ。

「あの二人に噂があるなんて言わないですよねマッケンさん」

ただでさえ二人でやってるコントが大人気なんだ。コントを観ているだけで二人が仲良さそうなのが伝わってくるぐらいだし、年齢もそんなに離れていないから芸能関係の週刊誌が色々ある事ない事書こうとしたって話もあるんだ。

「馬鹿野郎。オレはゴシップ記者じゃねぇぞ。プロデューサー様が番組を潰《つぶ》すような事を考えるかってんだ」

「ですよね」

上原麻里ちゃんの事務所は日本の芸能界のドンなんて言われている沢木《さわき》さん率いる〈沢木プロ〉だ。あそこに逆らったり絡んだりしたらあっという間に芸能界から干されてしまう、っていうぐらいのところ。

「しかしまぁ」

ようやくマッケンさんが肩に回した腕を外してくれた。ドサッと銀さんの椅子に座って煙草に火を点《つ》けた。

「ゴシップって言えばそうなのかもしれないんだけどよ」

「えー」

勘弁してください。

「どんな話なんですか」

マッケンさんが顔を顰《しか》めた。

「麻里ちゃんとさ、お前はよく話すよな。ナベちゃんと三人でやってんだからな」

「話しますね」

麻里ちゃんがゲストで来てくれた時に必ずやるのは〈ダメな女〉のシリーズコントだ。基本的には夫や恋人に尽くす女を麻里ちゃんが演じるんだけど、その尽くし方がことごとく、とてつもなく、変なんだ。

たとえばご飯を美味《おい》しく炊こうとして恋人の好物のアイスクリームを一緒に入れて炊いたり、お風呂《ふろ》でゆっくり落ち着いて温まってもらおうと思っていつも使っている座布団を敷いておいたり。それで夫や恋人役であるナベちゃんが徹底的に困ってしまったり、まいってしまったりするんだ。とにかくもう麻里ちゃんのやる事なす事で皆は大笑いする。

僕はそのコントの第三の男役で、子供になったり弟になったり犬になったり、時には警察官になったり麻里ちゃんの死んだおじいちゃんになったりする。だから、打ち合わせも三人でする事が多い。

「チャコを信用し切って話すんだけどよ」

「はいはい」

マッケンさんの〈信用し切って〉ぐらい信用できないものはないと思うんだけど、ここは素直に頷いておく。

「〈どっころ会〉って新興宗教知ってるか？」

「〈どっころ会〉？」

それって。

「あれですか。この間演歌歌手の」

「それよ」

パチン！　ってマッケンさんが指を鳴らした。

「近頃、何だか政治家とか芸能人の間でも信者が増えてるってやつよ。いわゆる教祖様がいる新興宗教よ」

聞いた事はある。ベテラン演歌歌手の松田《まつだ》康太郎《こうたろう》さんがコンサートでその宗教の布教みたいな話をして結構世間を騒がせた。

「それがどうかしたんですか」

「拙《まず》いんだよそういうのはよ。そりゃあ普通の仏教だのキリスト教だのっていう昔ながらの宗教なら何の問題もねぇけどよ。芸能人が新興宗教の教祖様に入れ込んでその広告塔やってます、なんてのは拙い。そんな奴をテレビに出すのはテレビ局としてはよ」

「確かにそうですね」

拙いというか、そもそも芸能人として、まぁ何かの宗教を信じるのは自由だけれど、自分の人気を利用してその宗教の布教を図るっていうのは間違いだと思う。

「それがなぁ、本当に噂っていうか、まだ噂にもなってねぇんだけどな。上原麻里ちゃんがよ、その〈どっころ会〉の教祖様の娘じゃねぇかって話なんだよ」

「ええ？」

娘？　教祖様の？

「いやいや、それはたぶん違いますよ。だって麻里ちゃん言ってましたよ前に。お父さんは普通の会社員で経理か何かをやってて、お母さんは専業主婦だって」

楽屋とかでよく無駄話はするんだ。芸能人って何となく特別な眼で見られちゃうけれど、普段はごくごく、それこそ本当に普通の人も多いんだ。

麻里ちゃんも、すっごく人気のアイドルだけど楽屋では普通の女の子だ。お高くとまっていたり、妙に暗かったり、変に明る過ぎたりしない。ナベちゃんと三人でどこのトンカツが美味しいとか、犬が大好きとかって話をしてる。

「そうそう、実家にタロウっていう犬がいるんだけど、なかなか会えないからいつか東京の自分の部屋でも犬を飼いたいとか、そんな話をしてますよ」

「いや別に教祖様の娘だからっていきなり拝み出したり祈禱《きとう》始めたりはしないだろうよ。

それこそ普通の女の子なんじゃねぇか」

まぁそうか。

「問題はな？　オレがこの噂を聞いたのがよ、話の出所がよ、名前も何も言えねぇけど、麻里ちゃんの中学時代の同級生の女の子からなんだよ」

「本当ですか」

同級生ってことは二十歳なんだろうけど。

「マッケンさん、どこでその二十歳の女の子と知り合ったんですか。何でそんな話をしたんですか」

「それは言えねぇ」

とぼけた。いつかこの人こそ週刊誌で記事にされるんじゃないかって思うよ。でも、マッケンさんは善人じゃないけれど、最高のテレビプロデューサーなんだ。ただの与太話で大事な大事な《土曜だ！　バンバンバン！》を引っかき回すことなんかしない。

「本当に、何かその話に根拠があって、心配になっているんですね」

「当たり前じゃねぇか」

煙草を吹かしてマッケンさんが真面目な顔をした。

「ナベちゃんはよ、こんなに人気者になってもいまだに田舎の気の良い兄ちゃんだよな。放っておいたらすぐに悪い連中に騙《だま》されて、何もかも巻き上げられそうなぐらいによ」

そうなんだ。

〈ザ・トレインズ〉でナンバーワンの人気を誇っているのはナベちゃん。子供たちはもちろんだけど、男にしては可愛らしい顔や優しい雰囲気で若い女の子たちにも大人気だ。当然ブロマイドの売り上げもメンバーの中ではナンバーワンで、男性アイドルと比べたって引けを取らないぐらいだ。それなのに、ナベちゃんはいまだに全然芸能人っぽくない。貧乏なミュージシャンだった頃のままだっていつも銀さんも言ってる。

「もしも、麻里ちゃんがその教祖様の娘だったとしよう。そしてナベちゃんと麻里ちゃんが好き合ったりしてたらよ、ナベちゃんがどんなことになっちまうか目に見えるだろ」

それは、確かに。

本当に仲が良いのは事実なんだ。コントそのまんまに楽屋でも恋人同士みたいな雰囲気で過ごしていたりすることもあった。それはコントのままやっているんだろうなって僕は思っていたけれど。単純に、友達として仲が良いって。

「もしそれを本気でやっていたなら、ですね」

「そうよ」

マッケンさんが大きく頷いた。

「ナベちゃんだけじゃねぇ。《土曜だ！　バンバンバン！》だってとんでもない事になっちまう。下手すりゃ〈ザ・トレインズ〉は解散だ。チャコだって正式なメンバーになれないうちにピンでやらなきゃいけなくなっちまう」

それは、本当に困る。

「とは言ってもよ。本当かどうかはまだわからねぇ」

「だから、そんな事になる前にまずは本当に麻里ちゃんが教祖様の娘か、そしてナベちゃんと麻里ちゃんが深い仲になっていたりなんかしてないか、確かめたいんですね？」

「その通り」

「それを僕に調べてほしいって事ですね？」

「その通り」

「決して波風立たないように？」

「その通り」

「マッケンさん」

「おうよ」

「僕の事を探偵か、〈スパイハンター〉とでも思ってませんか？」

言ったら、マッケンさんはニヤリと笑った。

「〈スパイハンター〉ね。あながち間違いでもないんじゃねぇかなぁ、なぁチャコちゃんよ」

そう言って煙草の煙を吐き出して意味深な表情を浮かべたけど。

まさか、マッケンさん、石垣剛さんのあの件で僕がいろいろやったことに気づいていたんだろうか。思わず訊《き》きそうになったのを堪《こら》えた。秘密は、秘密。たとえマッケンさんが何かに気づいていたとしても、僕から水を向けるわけにはいかない。

「わかりました。やってみますよ」

どっちみち、メンバーの間に何か起こっているんだったら、それを理香さんに報告したり解決に向けて動いたりしなきゃならないのは僕なんだ。

★

生放送でしかも公会堂での公開ステージって言っても、もうメンバーの誰も本番前に緊張したりはしない。リハーサルはもう嫌っていうぐらいにやってるし、ステージの上でどんなトラブルが起こっても何とかなるっていうのがわかってる。

何よりも〈ザ・トレインズ〉はメンバーの間の信頼感が凄《すご》いんだ。お互いに、あいつに任しときゃ何とかしてくれるって思ってる。でもまぁそれはステージの上での話であって、私生活に関してはまったくお互いに干渉しないしむしろ信頼感は薄い事が多いんだけど。

今日も、個室の楽屋を使ってるカンスケさん以外のメンバーが楽屋に集まったら、さっそく銀さんが皆に吊《つ》るし上げられていた。この間の競馬で銀さんが皆からお金を集めて馬券を買ったのに、それを全部勝手に自分の信じる馬に注ぎ込んで、思いっ切り負けてしまったんだ。

「さっさと返してよ」

お金を返せってピーさんが銀さんに詰め寄ると、銀さんがわかってるって手をひらひらさせる。

「後で理香ちゃん来たら金を貰《もら》うからよ」

銀さんはほとんど自分でお金を持つ事がない。大体理香さんにお金を貰うんだ。理香さんはそれをちゃんと付けておいて、銀さんに支払うギャランティから差っ引いていく。

「おはようございまーす」

ドアが開いて、麻里ちゃんがひょい、って顔を覗《のぞ》かせた。

「今日もよろしくお願いしまーす」

中に入ってきて、ぺこんってお辞儀をしながら笑顔で言う。まだほとんどお化粧をしていなくて、革のジャケットに紺色のフレアスカートっていう地味な恰好《かっこう》。街を歩いていたらその辺の女子短大生にしか見えないかもしれない。

楽屋だから銀さんはもうステテコにシャツって姿だしピーさんはジャージのズボンだけなんていう恰好だけど、麻里ちゃんはもう慣れたもので全然動じない。僕もこの業界に入って知ったけど、舞台に出る人たちって着替えに関しては誰に見られようが無頓着《むとんちゃく》になっているんだ。

もちろん女性たちには気を遣うけれど、ステージダンサーなんかステージ脇でカーテン一枚で着替えるなんてのは日常茶飯事だし、男たちのパンツ一丁の姿を見たって麻里ちゃんみたいな若い女の子でも平気になっている。

「麻里ちゃん久しぶりだなぁ。相変わらず可愛いねぇ」

「はい！　ありがとうございます！」

「早いね。空いてたの？」

楽屋でもちゃんと服は着ているナベちゃんが訊いたら頷いた。

「今日はこれ一本だけなんです」

「そっか」

後ろからマネージャーさんが顔を出して、きょろきょろと楽屋を見回したけど、理香さんがいないので僕に向かって言った。

「この後、麻里は楽屋で雑誌の取材を受けますから、それが終わったら、ミニコントの打ち合わせでいいですか？」

「いいですよー」

よろしくお願いします、ってニコッと笑って、麻里ちゃんが楽屋に向かっていった。

「本当に可愛いよな。三人娘の中でもピカイチだよなあの子は」

銀さんが言って、たいそうさんが頷いた。

「性格も良いですよね。僕は麻里ちゃんみたいな娘ができたらなぁって思いますよ」

そうなんだよね。同い年の僕が見ても、麻里ちゃんはとてもいい子だって思えるんだ。

「じゃあ今回は深窓のご令嬢ってことですから、いつもより少しゆったりとしたテンポで話した方がいいんですか？」

楽屋で台本を見ながら麻里ちゃんが言うと、ナベちゃんが頷いた。

「でも、そもそも麻里ちゃんは滑舌が良くてゆっくり話してるように聞こえるから、むしろ強い調子の方がいいんじゃないかな？　ほら、しもべに命令するような」

「あぁ」

なるほど、って麻里ちゃんは頷く。

「じゃあ少し強めな感じで喋《しゃべ》って、失敗して反省する時にはいつもよりゆったりした方がいいですね！」

「そうしよう」

ナベちゃんが微笑んで頷いた。いつもこんな感じだ。ナベちゃんの言うことを麻里ちゃんはすぐさま理解して自分のものにして、そしてステージでは完璧《かんぺき》に役をこなすんだ。

今回のミニコントでは麻里ちゃんは深窓のご令嬢で、ナベちゃんはお婿さんで、僕は執事の役だ。

「この間久しぶりにお休みが二日も取れたんです！　なので実家に帰って思いっ切りタロウと遊んできました！」

「あぁいいね。僕も半日だけだけど、家に帰ってお袋の様子を見てきたなぁ」

「お母さん、東京に呼んだりしないんですか？」

「僕は東京で一緒に暮らそうって言ってるんだけどねぇ。やっぱり故郷から離れたくないみたいでさぁ」

「そうなんですかぁ」

そんな感じで麻里ちゃんとナベちゃんは話す。本当に自然に会話をしているんだ。どっちかがもしくは両方が会話をしようと一生懸命になっているんじゃなくて、ごくごく自然に二人で会話してる。

「犬は飼わないの？　確かマンションでは飼えるんだよね？」

僕が訊いたら、麻里ちゃんは大きく頷いた。

「飼えるんですけど、やっぱり留守にしてる時間が長いからー。うちもお父さんやお母さんが田舎から出てきてくれたらいいなって思うんだけど」

「お父さんはまだお仕事をしてるんだよね？　会社員だったっけ？」

さり気なく訊いてみたら、頷いた。

「してますよー。まだ五十歳だから全然元気です」

ほら、やっぱりお父さんは普通の会社員じゃないか。

「あぁもう本当にワタシってダメな女なんだわ！」

ドカン！　って笑いが起こる。

もう本当に会場が揺れるぐらいの大爆笑なんだ。

この〈ダメな女〉シリーズは何度もやっているけれど、何回やってもウケるんだ。子供たちはもちろんだけど、大人にもウケる。麻里ちゃんの豊かな表情や女性らしいしなやかな動きは男性陣のハートを鷲摑《わしづか》みにしている。

麻里ちゃんはアイドルなんかやってないで、女優として、しかもコメディエンヌとしてやった方がもっともっと成功すると思う。きっと事務所の方でもそう思っているんじゃないかな。アイドルの年齢を過ぎたら女優としてどんどんやらせようって。

「いやぁ、だからねぇ！」

ナベちゃんが泣きそうになって彼女の肩をガシッ！　と摑んで揺すると、麻里ちゃんはその揺れに合わせて動いてナベちゃんを摑んで見事な腰投げで組み伏せるとまた大笑いだ。小さい頃は柔道をやっていたっていう麻里ちゃんの特技に合わせたギャグもお決まり。何でも二段だそうだよ。

それにしても本当にこの二人のコンビは息ピッタリだ。アドリブでどんどん進んじゃっても目茶苦茶におもしろいもんだから、最近は放送作家さんもカンスケさんも、このコントに関しては台本はほとんど書かない。二人の関係だけ決めてセットを造って、ボケの内容を決めたら後は二人に好きにさせた方がおもしろいんだからしょうがないよね。

★

今日はトラブルもなく、順調に終わった。いつものようにゲストの皆さんはエンディングのステージからはけると自分のスケジュールで帰っていく。僕たちは最後までお客さんの相手をして、そして片づけをして会場を出るのは夜の十時。麻里ちゃんは今日はもう何もないって言っていたけど、僕たちが片づけをしている間に「お疲れ様でしたー」って挨拶《あいさつ》に来て帰っていった。

ナベちゃんの様子を僕はそれとなく観察していたんだけど、いつも通りだった。隠れて付き合っているってことはないと思うんだけどなぁ。

明日は完全オフ。

少し前まではびっちりスケジュールが入っている事が多かったんだけど、ここのところはカンスケさん銀さん、そしてピーさんたち年寄り組の疲労を考慮して、〈ザ・トレインズ〉としてはきっちり休みを入れることにしているんだ。

まだ若いナベちゃんとたいそうさんと僕に関しては、それぞれに入る仕事があれば受けるようにはしてるんだけど、まだまだ無名の僕にそんなに仕事は入ってこない。休みの日には映画に行ったりして英気を養うようにしている。

「チャコさぁ」

「はい」

ピーさんだ。

「今日、家に来て泊まってかない？　由香《ゆか》と美香《みか》がチャコに会いたがっているんだよねぇ。明日の仕事は？」

「あ、ないですよ。じゃあお邪魔しますね」

由香ちゃん美香ちゃんは、ピーさんの双子の愛娘《まなむすめ》。可愛いんだよね。そもそも奥さんの江利子《えりこ》さんがすっごく美人なんだ。お父さんに似なくて本当に良かったって皆が言ってる。どうしてか人気者のナベちゃんじゃなくて、ちょっとしか出ない僕の大ファンなんだ。嬉《うれ》しいけどね。ピーさんは大木稔《おおきみのる》っていう名前なんだけど、どうしてピーって呼ばれるようになったかっていうのは、子供の頃からピーピーよく泣くからだったとか。

「チャコちゃーん！」

由香ちゃんと美香ちゃんが二人で走ってぶつかってくるので、抱き留めた。

「いらっしゃい！」

「今晩は」

本当にこの二人は可愛いし、お母さんの江利子さんにそっくりだ。

「ご飯食べよう食べよう」

「今日はすき焼きだよ！」

「すき焼きかぁ。いいなぁ」

まだ建てたばかりで木の匂いがするピーさんの家。そんなに大きくないんだけど、家族四人が暮らすのにはちょうど良い感じなんだ。猫も二匹飼っていて、名前はモモとハナ。

「ほらー、そんなにくっついたらチャコちゃんご飯食べられないよ」

「大丈夫ですよ」

遊びに来る度に感じるけど、本当にピーさんって家で家族と一緒にいる時の方が何だか生き生きしている。家庭的な人なんだなぁってつくづく思う。そして奥さんと娘さんの事が大好きなんだ。

売れないミュージシャンだった頃でも皆はステージが終わると飲みに行ったり遊び回ったりしていたんだけど、ピーさんだけはまっすぐ奥さんが待っている家に帰っていたらしい。もっともこんな美人の奥さんがいるんだったらその気持ちもわかるってものだけど。

太っていてしかも童顔だから若く見られるんだけど、実はメンバーの中では一番年上なんだ。カンスケさんよりひとつ上。しかも大卒で工学士という肩書きも持ってる。その体格からはイメージできないけどギターテクニックは誰よりもあって、ミュージシャンとしても凄いんだ。まだ売れない頃から引き抜きの話がいちばん多くあったのはピーさんで、その度にカンスケさんに引き止められていたって話。

自分の方が年上なんだけど、ピーさんはカンスケさんを尊敬しているらしい。あんなに真面目で凄いミュージシャンはいないって。

ご飯が終わって、由香ちゃんと美香ちゃんが二人でお風呂に入った。ピーさんと二人で居間のソファに座って煙草を吹かしていたら、それが眼に入った。

テーブルの脇にあったマガジンラックの中の新聞紙の間に挟まっている、変わった色の小冊子みたいな、パンフレットのようなもの。

江利子さんがウイスキーとグラスとアイスペールを持ってきたのと、僕がそれを手にするのが同時だった。

「これって」

紫色を暗くしたような表紙の小冊子には〈どっころ会〉って文字が刷ってあったんだ。

「あ」

江利子さんが声を上げた。

「あぁそれ」

ピーさんが困ったように笑った。

「そこにあったのか。どこにいったかと思っていたんだ」

何ていうタイミング。そしてまさか。

「まさか、ピーさんこの宗教に」

「違う違う！違うよチャコ」

ピーさんが慌てて大きく手を振って首も振った。肉がぶるんぶるん！って揺れる。

「僕じゃないよ！」

僕じゃない？ピーさんは困ったように顔を顰めて、奥さんの江利子さんと顔を見合わせた。奥さんがウイスキーを水割りにして僕の前に置いてくれた。

「違うんですよ。私の母が持ってきたの」

「江利子さんの、お母さん？」

「内緒にしてほしいんだけどね」

　ピーさんが水割りを一口飲んで、言った。

「もちろんです」

「江利子の叔母《おば》さん、つまりお母さんの妹さんがね、どうもそこの宗教に入れ込んでいるらしくてさ」

「叔母さんが」

　そうなんだ、ってピーさんが言って溜息《ためいき》をついた。

「江利子のお母さんと叔母さんは姉妹仲がすごく良くてさ。二人で僕たちのところに来てくれたり、ずっと仲良しだったのに最近はこれのせいで」

　ピーさんがパンフレットのようなものを指差した。

「すっかり冷えきっちゃってね。どうしたらいいのか、抜けさせるのに何か方法がないものかって相談に来ていたんだよ」

「そうなんですか」

「金のことなら、少しぐらいなら何とかなるんだけどさぁ、こういうものはねぇ」

「そうですよねぇ」

　そうか、江利子さんの叔母さんがか。何だか凄い偶然だなぁって思いながらその小冊子をぱらぱらとめくった。

「それはね、会員にだけ配られるものらしいよ」

「そうなんですね」

いろいろ書いてある。教祖様の一代記みたいだ。名前は〈独鈷《どっこ》〉。そうか、妙な名前だと思ったら独鈷《どっこ》杵《しょ》の独鈷のことか。生まれはどこかと思ったら九州《きゅうしゅう》の方だった。福島じゃなくて何となくホッとした。

（え？）

思わず眼を丸くしてしまった。

写真があった。どこかの家の庭で撮ったものらしく、教祖様とその関係者が写っているようだけど、その中に小さな女の子がいた。

（麻里ちゃん？）

まだ小学生ぐらいの女の子だ。でも、麻里ちゃんの子供の時みたいな写真だ。

「あ、それね」

ピーさんが言った。

「驚いたよね。麻里ちゃんにそっくりだよね」

「そうですよね」

「いや、それがさぁ、チャコさ」

顰め面をしながらピーさんが言った。

「本当かどうかはわかんないけどさぁ、その江利子の叔母さんがね、言うんだ」

「何をですか」

「上原麻里も、〈どっころ会〉の信者だってさぁ」

★

理香さんが眼をすっごく真ん丸くさせてから三回まばたきした。理香さんの眼ってまるで子供の眼みたいに透き通った感じがあって、奇麗だなっていつも思う。

「本当なの？」

「はい」

「本当に〈どっころ会〉の教祖様の娘なの？　上原麻里ちゃんが？」

「そうみたいです」

銀座一丁目にある内緒話をするのには最高のバー〈カルチェラタン〉。

その〈カルチェラタン〉でも、かなりとんでもない話をする時によく使われるらしい一番奥の個室があるんだ。噂では政治家でも大臣クラスが芸能人と会う時にしか入れない部屋って事らしいんだけど、ここのオーナーは〈鹿島芸能事務所〉の社長だから、社長の一人娘でもある理香さんなら自由に使えるんだ。

そこを使わせてもらった。

もちろん僕は初めて入った。こんな話は絶対に他では話せない。まさか僕の部屋に理香さんに来てもらうわけにはいかなかったし、理香さんの部屋は、当たり前だけど鹿島家だから僕がお邪魔するわけにもいかない。いや、事務所の社長の自宅である鹿島家に行った事はあるけれども、それでも内緒の話を理香さんの部屋で二人きりでするわけにもいかない。何をしているんだって社長に踏み込まれかねない。

「とりあえずピーさんには事情は伏せて、奥さんの江利子さんの叔母さんに会わせてもらったんですよ。信者である叔母さんとちゃんと話をして〈どっころ会〉から抜けるように説得してみるって事で」

「凄いわねチャコちゃん。どうしてそこまでしようとしたの？」

理香さんが眉間《みけん》に皺《しわ》を寄せた。そう、ここはきちんと説明しなきゃならない。まだどうしてそんな話になったかを説明していなかったんだ。

「マッケンさんに言われたんですよ」

もしも二人の間に特別な感情があるんだったら、今のうちに何とかしておかないとヤバいことになるかもしれないぞって。

「マッケンさんが麻里ちゃんの中学の同級生から話を聞いたらしいんですけどね。麻里ちゃんが教祖の娘だって」

理香さんが物凄く嫌そうな顔をする。

「普通なら信じられないけれども、マッケンさんなら若い女の子からそういう話を聞いてしまうかもって、ありえるかもってわかってしまう自分がすっごく嫌」

「ですよねー」

芸能界っていう特殊な世界に生きてる自分たちが、そこで気楽に息をしている事が嫌になってしまう時もある。

自分たちはごく普通の人間で、ちゃんと真面目に働いているつもりなんだけど実は周りから見ると、喩《たと》えるなら僕らは青い海の上に浮かぶ赤い水を湛《たた》えるプールの中で泳いでいるような魚だったりするんだ。

派手で目立つ。普通の青い海で泳いでいる魚の皆さんたちからすると、そこで泳いでみたいという憧《あこが》れの対象になってしまう。僕らがひときわ大きくて奇麗な魚じゃなくて、いちばん下の目立たないところで泳ぐ小魚だとしても、そう思われてしまうんだ。

そしてマッケンさんはそんな自分の立場を思いっ切り利用して、好き放題やっているんじゃないかと思う。

「マッケンさんの悪行三昧《ざんまい》をここで話してもしょうがないわね。それで？　そのピーさんの奥さんの叔母さんには会ったのね？」

「会いました」

ちゃんと話をしてみると、普通に常識はある人だった。ピーさんにも別に迷惑を掛けようとしているわけじゃない。ただ一点、その宗教のことになると、急に言葉が通じなくなってしまうみたいだった。

理香さんが頷いた。

「私もね、宗教で理解できないと思うことがあったの」

「え、全然知らないですよ」

「話した事はないもの。それに直接関係したわけじゃないから。だけど、私たちの常識のものさしでは計り知れない宗教もあるでしょう？　怪我をしても輸血できないとか」

「何ですかそれ」

そんなのってあるのか。

「それで死んじゃった子供がいたのよ」

「死んじゃったんですか」

理香さんは本当に辛《つら》そうな表情を見せた。

「ただ輸血して手術して治療すれば治ったのにそれを親が拒否したものだから、その怪我をした子供は間に合わなくて死んじゃったのよ。私ね、たまたまそういう騒ぎが起きている病院にいたの。祖父が亡くなる時だったわ」

「あ、そういうタイミングで」

こくん、って理香さんが頷いた。

「父の知り合いの病院だったから、後でお医者様から詳しい話を聞かされたのよ。もう十年も前の事だから私もまだ子供だったんだけど、背筋が震えたのを覚えているわ。どうしてそんな事をって」

確かにそんな現場に居合わせたら辛いと思うだろう。

「だから宗教っていうものには、何かちょっと嫌悪感を覚えちゃうところがあるのよね」

「そんな経験しちゃうと、そうかもしれないですね」

理香さんはそれはそれとして、って僕の顔を見た。

「その叔母さんが、上原麻里ちゃんは〈どっころ会〉の教祖様の娘だって事実を知っていたのね？」

そう、知っていたんだ。

「実は〈どっころ会〉の教祖様っていうのは、麻里ちゃんのお母さんの前の旦那《だんな》さん。つまり、麻里ちゃんの実の父親だそうです」

「前の旦那さん？」

理香さんが眼を丸くした。

「麻里ちゃんの両親は離婚していたって事？」

「そういう事だそうです。まだ麻里ちゃんが四歳の頃に離婚して、そして麻里ちゃんが六歳の時に、お母さんは今の旦那さんと再婚したとか」

それで麻里ちゃんの小さい頃の写真が、あのパンフレットみたいなものに載っていたらしい。

「どうしてその叔母さん、そんな詳しく知ってるの？　信者なら皆知ってる事なの？」

「そうらしいですね」

わ、って理香さんが小さく口を開けて驚いた。

「そうなんだ」

「しかもですね。信者だからこそ誰もそれを表には出さない。教祖様の過去を軽々しく口に出しては、しかも勝手に外に広めてはいけないと思っている。でも、叔母さんはピーさんは芸能人だからって。麻里ちゃんをよく知ってるからって教えてくれたらしいんです」

「なるほどね」

理香さんは小さく首を捻《ひね》った。

「でも、麻里ちゃん自身が〈どっころ会〉の信者ではないのよね？」

「そこは、そうらしいです。信者ではないです。でも離婚したとはいえ血の繋《つな》がった父と娘ですからね。信者の皆さんは全員上原麻里ちゃんのファンらしいですよ。何せ次世代の教祖様になるかもしれないわけですし」

その辺の感覚は僕にはまったく理解できないんだけど。

「今、教祖様は結婚を？」

「してないらしいです。子供は麻里ちゃんだけらしいです。ただしあくまでも法的な結婚はしていないだけで、どこに子供がいるかわかったもんじゃないらしいですけどね」

「そんな情報も叔母さんが教えてくれたの？」

まさか。

「信者さんがそんな事言うはずないです。これはマッケンさんからの情報です。真っ当な捜査機関からの情報を入手したらしいですよ」

「捜査機関って、警察？」

「そうです」

　テレビ局のプロデューサーは警察にだって顔が利く。いろいろともみ消したい事がお互いに多いから利害が一致するんだとか。まぁそれはマッケンさんの冗談としても。

「あの人、何故か警察に知り合いが多いのは確かよね」

「新興宗教っていうのは警察もいろいろとマークするそうですからね。あれこれといろんな情報が入ってくるんだそうですよ」

　とにかく教祖様だからって清廉潔白な人柄ではないらしい。でも、そんなのは僕たちにはどうでもいい話だ。

「問題は、上原麻里ちゃんが間違いなく〈どっころ会〉の教祖様の娘だって事です」

「でも、ナベちゃんと麻里ちゃんが別に好き合って付き合っていなければ、うちとしてはそれで済んじゃう話よね？　仮に上原麻里ちゃんが〈どっころ会〉の教祖様の娘だった事がどこかから漏れて大々的に知れ渡ったとしても、うちには何の影響もないわ」

「ないですね」

「スキャンダルの出方によってはせいぜい麻里ちゃんがゲストに来なくなって、あの人気のミニコントもできなくなるかもしれないけど。それは確かに淋《さび》しいし、麻里ちゃん大丈夫かなぁって心配になっちゃうけど」

理香さんが頷きながら言うけど。

「そうなんですけどね。理香さん」

「え、まさか、何かあるの？」

「あのマッケンさんがそんな風に言ってきたって事は、何かしらの匂いを嗅《か》ぎつけたからだと思うんですよ。ほら、マッケンさんはそういうのに鼻が利くでしょ」

「確かにね」

「そして麻里ちゃんが実際に教祖様の娘だって事もわかったので、何か妙に気になっちゃって僕調べ直したんです」

「何を」

「麻里ちゃんが《土曜だ！　バンバンバン！》にゲスト出演した時のスケジュールです」

「スケジュール？」

そうなんだ。

「いつも麻里ちゃん、うちでミニコントをやる時には他のスケジュールがほとんど入っていなくて、ゆっくりとゆったりとナベちゃんと僕と三人で、もしくはナベちゃんと二人で打ち合わせができるんですよね。もちろん、そこにはマネージャーさんがいたり他にもカンスケさんがいたりする時もあるんですけど」

「そうね。考えれば確かにそうだわ」

理香さんが細くて長い人差し指をこめかみに当てて少し考えていた。

「いつもそうよね。ほとんど他のスケジュールが入っていなくて、終わった後も楽屋でのんびりナベちゃんと話をしたり」

理香さんが何かに気づいたように表情を変えた。

「まさか、チャコちゃん」

「そうなんですよ。麻里ちゃんは《土曜だ！　バンバンバン！》にゲスト出演する時には、できるだけ他のスケジュールを入れないように、わざとそうしているんです。それは麻里ちゃんがマネージャーさんに特にお願いしていたんです。向こうも、忙しい麻里ちゃんですから、公開放送っていう特殊な番組である《土曜だ！　バンバンバン！》に出る時には身体の事を考えればのんびりできた方が都合がいいので、できるだけそうしているって話だったんですけど」

理香さんが唇をほんの少しだけ尖《とが》らせた。

「重要なのは、麻里ちゃんが、自分でそういう風に希望しているって事ね」

「そうです」

人気アイドルの麻里ちゃんと、大人気の〈ザ・トレインズ〉の看板スターであるナベちゃん。

「二人がのんびりとゆっくりと、誰にも怪しまれずに会えるなんて確かに今の段階では楽屋だけですよね。しかも実質二人でやるコントの打ち合わせだから、楽屋に二人きりになっても誰も不思議に思わないです。むしろマネージャーさんも他の用事を済ませられるから、丁度良い時間ですよね。『ちょっとお願いねー』って外にも出られますよね」

理香さんが僕の顔を見た。

「それは、ナベちゃんと麻里ちゃんが二人で話し合ってそうしているって事なの？　付き合っているって事なの？」

「そうなんじゃないかって僕は思ったんです。そしてですね、理香さん。決定的じゃないかって考えている件があるんですけど」

「何？」

「ピーさんですよ」

ピーさん？　って理香さんは首を捻った。

「どうしてここでピーさんが出てくるの？」

「実は僕、ピーさんの新居にご飯を食べに三回行ってるんです」

理香さんが頷いた。

「行ってるわね。知ってる」

「その三回とも、ピーさんに誘われて、なんです。そして誘われて行った翌日はどっちも完全オフの日だったんです」

理香さんが少し考えてから言った。

「特におかしくはないでしょ？」

「それだけならですね。でも、考えてみると、三回とも、上原麻里ちゃんがゲストでミニコントをやりに来た日だったんですよ」

理香さんの眼が大きく開かれた。

「まさか」

その、まさか、なんだ。

「理香さんもご存じですけど」

「チャコちゃんが帰るアパートは、渋谷にあるナベちゃんのマンションのすぐ近く！　何もなければ、私とじゃなきゃ二人でいつも一緒に帰る！」

そうなんだ。ナベちゃんが一人で暮らしているマンションに帰る時に、ほとんどの場合僕も一緒にタクシーに乗って帰る。

「でも、当たり前ですけどピーさんが誘ってくれた時はナベちゃんは一人で帰るんです」

もちろん、他にもナベちゃんが一人で帰る時だってたくさんあるけれども。それでも、麻里ちゃんがゲストで来た日に限って、三回もピーさんが僕を食事に呼んでくれたっていうのは。

「あまりにも偶然過ぎますよね？」

理香さんがゆっくり頷いた。

「それに、ピーさんは、麻里ちゃんが教祖様の娘だって事も知っていたんです。当然ですけどナベちゃんも知ってる可能性が高いです。ピーさんも、奥さんの叔母さんの件も含めて三人で相談し合っているかもしれません」

「何よりも、ピーさんが、ナベちゃんと麻里ちゃんが密会するのを取り持っている可能性もあるって事ね」

そういう事だ。うーん、って理香さんが腕を組んで考え込んでしまった。

「上原麻里ちゃんと、ナベちゃんかぁ」

溜息交じりに理香さんが言う。

「可愛いカップルよね」

「そう思います」

可愛らしいんだ。二人とも。

「何か、応援したくなる二人ですよね」

「そうね」

理香さんが微笑んだ。

「私は麻里ちゃんとそんなに話した事はないけれど、きっとあの子すっごく家庭的な女の子だと思う。そしてナベちゃんって、とても優しい男性よね」

「そうなんですよ」

ナベちゃんは、優しい。誰に対しても優しいんだ。きっとお付き合いする女性にもすっごく優しく接すると思う。

「本当に二人が好き合っているんなら、そのまま上手く行ってほしいな。あの二人ならきっと素敵な優しい家庭を築いてくれるって想像しちゃう。可愛い子供が生まれて幸せな家族ができあがっていくところまで」

理香さんは優しい笑みを浮かべてそう言った。確かに僕もそんな風に思ってしまうけど。

「でも、麻里ちゃんは〈どっころ会〉の教祖様の娘です」

理香さんが溜息をついた。

「そんなの、麻里ちゃんには何の関係もない話なのに」

関係ないけど、関係しちゃうんだ。

「何にしても、確かめなきゃ話は進まないわね」

「そうです。それをピーさんやナベちゃんに追及できるのは、僕じゃなくて理香さんだけです」

「追及したって、とぼけられたら終わりよ？」

「とぼけられません」

どうして？　って理香さんが首を捻った。

「この間、僕がピーさんの家でご飯をよばれた日、ナベちゃんを乗せてマンションまで行ったタクシーを運転していたのは堺谷さんなんです」

〈ザ・トレインズ〉の専属運転手になる予定の堺谷さん。今はまだ普通にタクシー運転手をやっているけれど、基本的には〈ザ・トレインズ〉が移動する時には必ず堺谷さんを呼ぶようにしている。

堺谷さんたちにはこの間のたいそうさんの一件で本当にお世話になってしまったので、理香さんがお詫び旁《かたがた》、鹿島芸能事務所と契約をして、タクシーは堺谷さんの会社だけを使うことになったんだ。もちろん、メンバーが移動する時のタクシーには堺谷さんを指名してる。

「堺谷さん、あの通り義理堅いし口も堅いしガタイもいいのでそれぞれの秘密は絶対に漏らしたりはしませんけど、僕が頼めば別です」

「堺谷さんが、麻里ちゃんを乗せてナベちゃんのマンションまで走ったって事ね。それはもう確認済みなのね」

「はい」

堺谷さんは、ただ頷いただけだけど。

「麻里ちゃんを乗せた事はありますか？　って訊いたら、頷きました」

それはもう決定的な証拠だった。理香さんは、眼を閉じてしばらく考え込んでいた。僕も何も言わずに黙っていた。

「恋愛なんて」

理香さんがゆっくりと眼を開けて、言った。

「自由よね」

「はい」

そう思う。

「でも、自由にならない恋愛も確かにあるのよね」

僕にはそんな経験はないんだけど。理香さんが、じっと僕を見るので、僕も理香さんを見つめた。

「あるんでしょうね」

「ナベちゃんと麻里ちゃんは、自由に恋愛ができないかしら？」

僕が溜息をついてしまった。

「僕はしてほしいです。好き合うなんて、自由です。打算とかそんなの入る余地なんかないはずです。でも」

僕は〈ザ・トレインズ〉のメンバーの一人だ。まだボーヤに毛が生えた程度だけど、間違いなく《土曜だ！　バンバンバンバン！》を支えていく一人だって思ってる。

「それを考えると、ナベちゃんに確認しなきゃならないと思います。本気で麻里ちゃんと付き合っているのかどうかを」

「確認して、単なる遊びだったら？」

理香さんが真剣な顔をして訊いた。

「遊びなら、さっさと止めた方がいいですって言います。トレインズのためにも。番組のためにも」

こくん、って理香さんが頷いた。

「じゃあ、二人が本気だったら？」

「それは」

理香さんが、じっと僕を見ている。

「どうしたらいいかを、メンバー全員で考えてもらいましょうって言います」

恋愛は、自由だ。

でも、〈ザ・トレインズ〉は、今や日本中の子供たちのアイドルなんだ。スターなんだ。トレインズのメンバーは子供たちの夢や希望を奪うような事をしちゃいけないんだ。

「皆が幸せになるためにどうしたらいいかを、全員で考えた方がいいと思うんです」

理香さんが、大きく頷いた。

「同感だわ」


大角テレビの第二スタジオ。本館からは別棟になっている古いスタジオで、今はほぼ《土曜だ！　バンバンバン！》のためだけに使われているから、僕たちにとっては第二の自分の部屋みたいなものだ。

そして、大角テレビの社員じゃないのに、理香さんはここの鍵《かぎ》を全部持たされている。いつでも自由に使えるようにだ。そしてその鍵は普段は僕が持ち歩いている。僕がメンバーの中でいちばん早くここに入るからだ。

火曜日の夜に〈ザ・トレインズ〉全員に集まってもらった。他の誰にも言わないでこっそりと。局内で誰かと顔を合わせたら、〈ザ・トレインズ〉だけの打ち合わせだからって言っておく事にした。そうしておけば、誰も邪魔しようとしない。

理香さんが全員に直接電話して、そういう風に言ったから何か相当にヤバい話があるんだなって皆が思ってて、時間通りの夜八時に全員が集まってくれた。

「俺は何にもしてねぇぜ」

銀さんが苦笑いしながら煙草を取り出して火を点けた。

「銀さんじゃないわよ」

理香さんも苦笑いした。この間、こうやってメンバーが全員内緒で集まったのは、銀さんが賭博《とばく》でちょっと拙い事になった時だったからだ。

「ナベちゃん」

理香さんが呼ぶと、ナベちゃんがびっくりした顔をして理香さんを見た。皆も、ナベがどうした？　って表情をした。

「上原麻里ちゃんと、好き合っているんでしょう？　それは、本気なの？」

全部理香さんが説明した。上原麻里ちゃんが新興宗教の教祖様の娘である事。それはまだ世間には知られていないけど、知っている人は一定数いて、いつ表に出るかわからない事実である事。

ナベちゃんが椅子の背に凭《もた》れ掛かって頭を垂れていた。ピーさんが、ナベちゃんの肩をポンポン、と叩いた。

「最初にさ、相談されたのは僕なんだよね」

ピーさんが言った。

「麻里ちゃんがさ。今は離婚したけどお父さんの件で悩んでいるんだってのをね、ナベが相談されたんだって。どうしたらいいのかなって」

「ピーさんはさ、家族持ちだったからさ。そういう場合、どうやって話せばいいのかなぁって訊いたんですよね」

ナベちゃんが、苦笑いした。

「同郷だからね麻里ちゃん。可愛いしさぁ。最初は本当にただ相談に乗っていたんだよね。実のお父さんでもさ、何か言われても自分とは関係ないで押し通せばいいとかさ。なんだかんだってさ」

「じゃあ、最初からピーさんとナベちゃんは知っていたのね？　麻里ちゃんの実の父親が新興宗教の教祖様だって」

理香さんが訊くと、ピーさんもナベちゃんも頷いていた。

「知っていたよ。でも本当にそれは麻里ちゃんには関係のない事だったしね。まぁそのうちにさ。ナベも麻里ちゃんも若いからね。そんな風になっちゃってさ。それは僕も応援していたんだよ。あのコントはさぁ、そういう二人だからこそできたコントだよなぁってずっと感心していたんだよ僕はさぁ」

「いいじゃねぇか」

銀さんだ。

「麻里ちゃん、良い子だよ。もうナベとぴったりじゃねぇか。俺らも応援しようぜ。このままこっそりと付き合えるようによ」

「もう一度訊くけど、本気で付き合っているのね？　ナベちゃん」

なぁ！　って銀さんは笑顔で言ったけど、理香さんは笑わなかった。

ナベちゃんは、一度唇を噛《か》んだ。それから、ゆっくりと頷いた。

「本気だよ。そりゃあまだ結婚の約束とか、そんな話は全然していないけどさぁ」

「男と女の関係なのか」

カンスケさんが訊くと、ナベちゃんは頷いた。理香さんは、溜息をつきながら言った。

「〈沢木プロ〉の専務の磯貝《いそがい》さん、知ってるでしょ？」

皆が頷いた。僕も知ってる。物凄いやり手の人だ。

「それとなく確認したのよ。麻里ちゃんの実の父親が教祖様である事は把握しているのかって」

「なんだってよ」

カンスケさんが身を乗り出して訊いた。

「把握していたわ。もしもそれがどこかから漏れて騒ぎになるとしたら〈沢木プロ〉としてはその前に記者会見させるつもりよ」

カンスケさんが唇を尖らせた。

「離婚した父親だから今はまったく関係ないってか。これからも上原麻里は当事務所所属のアイドルである、ってぇ感じで守るんだろう?」

「そうね」

「そうは言いながらよ」

カンスケさんが両手を広げて見せた。

「裏ではよ、その〈どっころ会〉とかいうところの教祖様だっていう実の父親とは打ち合わせをするんだろう? そっちからは何も言うなと。ただ離婚した父親であり、お騒がせして申し訳ないという顔しか見せるなってな。そうしておけばお互いにイメージアップになる。あの〈沢木プロ〉がよぉ、何万人、下手したら何十万人になるかもしれねぇ信者っていう上原麻里のファン予備軍を切り捨てるはずねぇよな」

カンスケさんが言うと、理香さんが顔を顰めながら頷いた。

「その通りね。表向きは関係ない、これからも上原麻里は普通のアイドルでありスターであるとしながらも、裏では〈どっころ会〉の信者の皆さんよろしくね、っていうパターンよ。シングル一枚出したら宣伝しなくても〈どっころ会〉の皆さんが買って何十万枚も売れるのよ。そんなの〈沢木プロ〉が逃すはずないわ。絶対に事務所を辞めさせない」

銀さんもたいそうさんも、顔を顰めた。

「まぁ、当たり前っちゃあ、当たり前のパターンですね」

たいそうさんが言う。

「しかし、そうなるとよ」

銀さんだ。

「その麻里ちゃんと付き合っているとなっちまったら、ナベの野郎はよ」

皆がナベちゃんを見た。

「〈沢木プロ〉と喧嘩《けんか》するつもりは〈鹿島芸能事務所〉にはないわ。そもそも喧嘩にもならないわよね。一度そういう傷がついたアイドルに関しては結婚するんならどうぞってパターンよ。それが人気者の〈ザ・トレインズ〉のナベちゃんなら渡りに船ってやつよ。いつでも結婚してください、〈教祖様の娘〉である〈上原麻里〉はあなたに預けます、後は宗教関係で何かトラブルがあっても全部〈夫婦〉と〈家族〉の問題ですから当事務所は関係ありませんって大喜びするわね」

ナベちゃんが、唇を嚙んだ。カンスケさんが思いっ切り顔を顰めた。銀さんが頭をボリボリと搔《か》いた。たいそうさんも、ピーさんも、俯《うつむ》いただけで何も言えなかった。

その通りだと思う。

「ナベちゃん」

理香さんが、大きく息を吐いてから、静かに言った。

「事実だから言うわね。今のままだと、あなたたちが付き合っても真剣に愛し合っても、傷がついてボロボロになるのは〈ザ・トレインズ〉と《土曜だ！　バンバンバン！》だけなのよ。麻里ちゃんと〈沢木プロ〉は傷がついてもバックに何十万という信者を得るわ。でも、〈ザ・トレインズ〉には〈鹿島芸能事務所〉には《土曜だ！　バンバンバン！》には、何のメリットもないの。傷しかつかないの。それも、大きな傷。番組がなくなってしまうかもしれないっていうとんでもなく大きな傷。子供たちを相手にしているからには、どうしようもないのよ」

バン！　って大きな音がして皆がびっくりした。カンスケさんがあの大きな手でテーブルを叩いたんだ。

「嫌んなるよなぁ！　ナベ！」

ナベちゃんが眼を丸くしてカンスケさんを見た。

「愛し合ってんだろ？　麻里ちゃんと一緒になりたいって思ってんだろ？」

ナベちゃんが、びっくりした顔をしたけれど、うんうん、って頷いた。

「理香ちゃんよ。これはよ、何とかしてこの事態を解決できないかっていう打ち合わせなんだよな？」

「そうよ」

カンスケさんが、大きく頷いた。

「よーしわかった。多数決だ」

「多数決？」

「たかがテレビ番組とよ、ナベが一生連れ添おうっていう女だぜ。どっちが大事かなんてぇのはわかりきってるだろうよ。それでも俺たちはグループだ。多数決を取るぜ」

カンスケさんが、全員を見回してから思いっ切り右腕を天井に向かって伸ばした。

「俺はナベのために番組を捨ててもいいぜ」

銀さんが何も言わずに右手を挙げた。

ピーさんも、たいそうさんも、そして僕も右手を挙げた。

「皆」

ナベちゃんが、泣きそうになっていた。理香さんは、溜息をついて眼を閉じた。

「私が悪役になるしかないじゃない」

そう言って、ナベちゃんの右手を取ってグッと力を込めた。

「これでナベちゃんは賛成しなかったたって言い訳ができるでしょ。カンスケさん。どうしようって言うの？」

理香さんが訊くと、カンスケさんがゆっくり頷いた。

「全部丸く収めるのには、逃避行じゃねぇか？」

「逃避行ぉ？」

たいそうさんが声を上げた。

「まさか、二人で手に手を取って、ですか？」

「その通り。ナベよ」

「はい」

「今ここでした話を全部麻里ちゃんに言え。教えろ。そしてこのままじゃあ自分たちは絶対に幸せになれない。一緒に北海道に逃げようって言うのさ。芸能人である自分たちを、何もかもを捨てて、二人だけで生きようってな」

「北海道って」

ピーさんが口をぽかんと開けた。

「麻里ちゃんにそうやって言うの？」

たいそうさんが、なるほどって顔をして頷いた。

「麻里ちゃんに覚悟がなかったら、ナベちゃんにそう言われても絶対に芸能界は辞めないでしょうね」

「もしも本当に来ちゃったらどうするの？」

理香さんがカンスケさんに言った。

「そんときには、もちろんだ。二人が誰からも見つからずに幸せに暮らせるような場所に案内して何とかしてやる」

「そんなところがあるんですか」

北海道に。

「北海道なめんなよ」

カンスケさんが真面目な顔をした。

「俺ぁ知り合いが多いんだ。北海道はよ、広いぜ。まるでアメリカみてぇに自由だぜ」

あそこでなら、どんなことになっても生きられるってカンスケさんは言った。

★

タクシーは、堺谷さんにお願いしたんだ。

荷物をまとめた麻里ちゃんがマンションから出てきたら、どんな事になってもきっちり車に乗せて、ここまで連れてきてほしいって。堺谷さんは「ようがす」って一言だけ言って、胸を叩いてた。「任せてくだせぇ」って。

でも、堺谷さんも、どうにもできなかったんだ。

邪魔が入ったんじゃなくて、向こうの事務所にバレたんじゃなくて。

麻里ちゃんが。

麻里ちゃんは、来なかった。

約束の時間を過ぎても、マンションから出てこなかった。それで、堺谷さんはそのまま僕らが待っていたナベちゃんのマンションまで来てくれた。

空のタクシーを見て、僕たちはそのまま座り込んでしまった。

車から出てきた堺谷さんが、座り込んでしまったナベちゃんの前に膝《ひざ》を突いて言った。

「あっしが諦《あきら》めてエンジンを掛けた時に、カーテンが揺れて少し開きやした。上原のお嬢さんが頭を下げやしたぜ」

カンスケさんが、お疲れさん、って堺谷さんの肩を叩いた。

夜が明け始めてスズメが鳴き始めて、マンションの前の階段でただ座っていたナベちゃんの背中を叩いて、銀さんが言った。

「ナベよ。一杯飲んで寝るぞ」

ピーさんが、うな垂れたままのナベちゃんの腕を取って立たせた。たいそうさんはナベちゃんの荷物を持って歩き始めた。

銀さんが一度振り返って、カンスケさんに向かって軽く右手を上げた。カンスケさんが、小さく頷いた。

「カンスケさん」

「何だ」

カンスケさんの長い顔を見たら、凄い渋い顔をしていた。

「こうなるって、わかっていたんですか？　わかっていたから、逃避行なんて突拍子もない事を」

そんな気がしたので訊いたんだ。カンスケさんは、思いっ切り唇をひん曲げた。

「男と女の事なんかわかるかよ」

溜息をつきながら、煙草を取り出した。堺谷さんにも一本勧めると、堺谷さんが手刀を切るみたいにして一本取った。僕にもくれたので、手にした。

カンスケさんがライターで火を点けてくれた。三人で、煙を吐き出した。朝の光の中に紫煙が流れていった。

「ただ、まぁ」

煙を吐き出しながら、カンスケさんが言った。

「不思議とよ。ここの水に合っちまった奴はわかるんだよ」

「ここの水」

芸能界ってことか。

「そして、ここの水に合っちまったら、どこにも行けなくなっちまうんだ」

カンスケさんは、後ろを振り返った。

「これで、ナベの野郎もわかっちまったかもな」

わかったのかな。でも、最初からわかっていたのに気づいたんじゃないかな。

だって、僕はそうだ。

カンスケさんに弟子入りを許された時に思った。

僕はここで生きていける人間なんだって。

# 去りゆく友に花束を

いつもの、水曜日の打ち合わせ。

大角テレビの地下の駐車場で後ろからパン！　って手を打つ大きな音が聞こえてきて、ちょっとびっくりして振り返ったら、そこに剛さんが立っていたんだ。悪戯《いたずら》っぽい笑みを浮かべて、手を思いっ切り広げて僕を見ていた。

「剛さん！」

「チャコちゃん！　久しぶりだなぁ！」

大股《おおまた》で近寄ってきた剛さんがぐいっ！　と僕の肩に腕を回して力強く抱きしめてきた。

『スパイハンター』で大人気の、俳優の石垣剛さん。剛さん、なんか良《い》い匂いがする。

「ご無沙汰《ぶさた》していました」

「まったくだなぁ。一年か？　二年経ったか？」

「まだ二年は経ってないですよね」

『スパイハンター』の出演者の皆さんをゲストに呼んでコントをやってもらったのは、《土曜だ！　バンバンバン！》が始まってすぐの頃だ。あれで番組に最初の人気の波が来たって言っても過言じゃないんだ。言ってみれば〈ザ・トレインズ〉の恩人と言ってもいいかもしれない。

剛さんが後ろを振り返った。

「あれ、チャコちゃんの車か？」

「あ、そうです」

カンスケさんから譲ってもらった、コロナマークⅡだ。ニヤッと笑った剛さんが肩から腕を外して、僕の背中を叩《たた》いた。

「自分の車で局に来るってのも、出世したなチャコちゃん」

「いやそんな」

出世なんかしてない。そもそも僕たちに出世なんて感覚はない。ただボーヤの立場、つまりメンバー皆《みんな》の楽器持ちなんかの雑用からは外れて、こうやって自分の車で移動しても構わなくなっただけだ。

「それもこれも、《土曜だ！　バンバンバンバン！》が凄《すご》くなっちまったからだよなぁ。この間の新聞記事も読んだぜ」

「あれは僕らもびっくりしました」

テレビ番組が社会面の記事になるなんて事は滅多にないと思う。それがなってしまったんだ。日本全国の銭湯が土曜日の夜の八時にはガラガラになってしまうっていう記事。それは誇張でも何でもなくて東京中の銭湯に取材したら、ほぼ百パーセント、その時間はめっきり暇になっているって。

その原因は《土曜だ！　バンバンバンバン！》なんだ。

テレビを観るために子供たちは銭湯に行かないって言うので、一緒に行くはずのお父さんお母さんたちも当然少なくなる。実際、《土曜だ！　バンバンバン！》が終わった九時過ぎから急に混んでくるんだって。視聴率が四十パーセントを超える日がたくさんあるんだから推して知るべしなんだけど。

「でも、その反面叩かれてもいるんですけどね」

今では〈親が子供たちに見せたくない番組〉のナンバーワンになってしまっている。ナベちゃんのギャグが子供たちの間でものすごく流行《はや》っていて、それが非常に猥雑《わいざつ》なものが多くて、教育上よろしくないって事なんだ。

「人気者の宿命だよな。俺たちのところにも意外と文句が来るものなんだぜ」

「そうなんですか？」

剛さんがニヤリと笑った。

「まぁうちはキナ臭いものもたくさんやってるからな」

『スパイハンター』は、もちろんスパイものだから世界的な謀略事件や政治界隈《かいわい》の事件をネタにしたりもしている。

そういうのをやると必ず変なところから変な文句が来るんだそうだ。

「たかがドラマなのにな」

「そうですよね」

たかがドラマ。

「でも、だよな」

剛さんがニヤリと笑ったので僕も頷《うなず》いた。

誰かが言っていたけど、たかがテレビ、されどテレビなんだ。僕の小さい頃には考えられなかったけど、今や世の中はテレビを中心に回っているって言ってもいいぐらいだと思う。それぐらいの影響力を持ってしまっている。

「今日は剛さん、何ですか？」

入口に向かって歩き出して訊《き》いた。俳優である剛さんがテレビ局に来るのは撮影だと思うんだけど、『スパイハンター』の撮影はほとんどがロケか別スタジオだから、ここでやる事なんか滅多にないはず。

「あぁ」

剛さんがチラッと周りを見た。

「ちょっと打ち合わせでな。まだ内緒なんだけどさ」

「はい」

テレビ局で内緒の話は本当に多いからそう言われるのにも慣れっこだ。そして僕たちテレビの世界で生きていく芸能人は、内緒話をちゃんと内緒にする。内緒話を内緒にしないのはむしろ局の人間なんだ。

「『スパイハンター』、終わるんだ」

「えっ！」

びっくりした。これは本当にびっくりした。『スパイハンター』だってものすごい人気番組なんだ。もう三年もやっているけど、視聴率だって全然落ちていない。

「本当ですか」

「本当も本当。チャコちゃんまだ時間あるのか？」

腕時計で確認した。まだ誰も来ていないだろうから、あと三十分ぐらいは平気だ。

「ちょっと二人きりで話そうぜ」

今日は打ち合わせなので、自分の楽屋はないって剛さんが言うので、そのまま僕らが使っている第二スタジオまで案内した。お茶を淹《い》れようかと思ったけど、剛さんがいいいい、って手をひらひらさせた。そのままパイプ椅子に座って煙草を取り出して火を点《つ》けた。

「終わるって、本当になんですか？」

本当さ、って剛さんが頷いた。

「それは、局の方からの話で？」

「違う違う。上からはもちろんもっと続けたいって言って来ているさ。マンネリ化があるんだったら、メンバーを多少替えて風を入れ替えてでもな」

「ですよね」

あんな人気ドラマを簡単に終わらせるはずがない。

「でも、俺がもう限界かなってさ」

「限界」

繰り返したら、剛さんは少し顔を顰《しか》めた。

「もう〈黒田隼人〉でいる事は、できないかなってさ。俺の俳優人生を考えてもさ。何たって街を歩いていても『隼人！』って呼ばれるんだぜ」

「あ」

そういう事か。

「そういう道も確かにあるんだろうけどな。そろそろ〈黒田隼人〉は卒業したいって話したんだ。ボスにな。そうしたらボスも頷いてくれたよ。そうかもしれないなって」

ボス役の権藤久夫さん。それこそ日本の俳優のボスって言ってもいい人だ。

「じゃあ、それで」

剛さんが大きく頷いた。

「アクションスターである〈石垣剛〉から、ただの俳優である〈石垣剛〉への道をそろそろ歩きたいっていうわがままを通してもらったのさ」

気持ちはわかるような気がした。剛さんは長い下積みがあって『スパイハンター』で人気が爆発した役者さんなんだ。つまり、『スパイハンター』での役名である〈黒田隼人〉しか視聴者は知らない。

でも、役者っていうのはいろんな役をやるからこそ役者って言うんだ。

「もっとも『スパイハンター』の流れは切らさないけどな。たぶんタイトル変えてメンバーも一新して、新たなアクションものを続けるんじゃないかな。研二をメインにしてさ」

剛さんがニヤッと笑ったので、僕も頷いた。弟分じゃなくて、実は本当に血の繫《つな》がった弟である原研二さん。一時期剛さんが休んだ間にものすごく役者としても成長したんだ。今やアクションスターとして確固たる地位を築き始めている。

「いつぐらいになるんですか？　最終回は」

「その辺の打ち合わせを、今日は極秘でやろうって事なのさ。この後ボスも来るはずだよ。脚本家も来て、どうやって終わらせるのがいちばんいいかってのを、忌憚《きたん》なく話し合おうって事でさ」

凄いと思った。そんな話を俳優さんと一緒にしてしまうぐらいに、人気ドラマなんだ。普通はそういうのは上の方で勝手に決まっていくんだけど。

「淋《さび》しいですね」

「まぁそんなわけなんだけどさ」

僕も『スパイハンター』が大好きだった。

「はい」

剛さんが僕を見た。

「チャコちゃんも、そろそろ正式に〈ザ・トレインズ〉のメンバーとしてやっていかなきゃならないんじゃないか？」

そう言って煙草の煙を吐いた。

「あー、まぁそれは」

思わず頭を掻《か》いてしまった。

「僕が決める事じゃないですしね」

僕はもう《土曜だ！　バンバンバン！》の出演者として顔と名前は知られている。でもそれはあくまでも番組を観ている人にだけだ。そして視聴者は僕の事を〈ザ・トレインズ〉の準メンバーだなんて考えていない。単純に《土曜だ！　バンバンバン！》という番組にレギュラーで出ている売れていないコメディアンだと思っている。そもそもコメディアンとも認識されていないかもしれない。

ただの、〈出てる人〉だ。

剛さんが、真面目な顔をした。

「確かにチャコちゃんが決める事じゃないけどさ。でも、チャコちゃんが決めさせる事もできるだろう？」

「決めさせる？」

剛さんが、小さく頷いた。

「俺、《土曜だ！　バンバンバン！》をけっこう観てるんだぜ。チャコちゃんのやってるのも。チャコちゃん、すっかり慣れてきたけど、それだけだよな」

それだけ。

「器用だよ。それは誰もが認めるところだし、観る人を引きつける独特の雰囲気を持っているんだ。舞台に出ただけで何か観てしまうんだ。そういう資質を見抜いたからこそカンスケさんも弟子入りを認めたんだろうけどさ」

「ありがとうございます」

「でも、それだけなんだ。いつまで経ってもそこで停まっている。あの舞台を自分で染めちまおうって腹が決まってないだろ」

自分で染めるって。剛さんは手を広げて見せた。

「自分のその手でさ、《土曜だ！　バンバンバン！》の世界を作ってやろうって気持ちが見えてこないってことさ。ナベちゃんなんかそうだろ？〈ザ・トレインズ〉の中では一番若いのに、ナベちゃんが出てくるだけでもうあの舞台の上を支配しちまっている」

それは、確かにそうだけど。

「でもそれは、ナベちゃんが人気者だから」

「人気者になったのは、ナベちゃんのギャグがウケたからって言うんだろ？　でも、そのギャグは皆で考えたものかい？」

「あ、いや」

それは違う。ナベちゃんのギャグは、全部ナベちゃんが打ち合わせの中で出してきたものだ。それがきちんとした形になったのは確かに皆で話し合って練った結果だけど。

「才能だと思うんですけど」

「才能だよ。でも、俺が見る限りではチャコちゃんもそういう才能があると思うんだけどね。それを自分で認めていない。意地でもメンバーの一人にのし上がってやるって気概が見えてこない」

剛さんが、本当に真剣な表情をしている。

「どうして俺がこんな話をするのかって、不思議に思わないか？」

ちょっと思っていたけれど。

「ひょっとして、銀さんと話しました？」

剛さんが、ニコッと笑った。

「さすが察しがいいね。そういうところも、才能なんだよチャコちゃんの」

そう、銀さんと剛さんは昔馴染《なじ》みなんだ。

「この間、二人で飲んでてさ。そんな話をしていたんだ。これも内緒だぜ。俺が教えたって言わないでくれよ」

「もちろんです」

「銀さん、言ってたぜ。チャコちゃんをメンバーにするのは簡単だって」

簡単なのか。

「リーダーであるカンスケさんと一番の古株である銀さんが二人で、そろそろいいんじゃないかって言えば、誰も文句は言わないって。チャコちゃんが〈ザ・トレインズ〉のメンバー入りすることに。だけどな、それは、昔とは違うんだって」

「昔とは？」

「チャコちゃんが弟子入りした時とは、人気者のレベルが違ってしまっているんだよ〈ザ・トレインズ〉は。日本中の子供たちどころか大人にも知られる人気者になっちまった〈ザ・トレインズ〉のメンバーに入る覚悟ってもんが見えないと、銀さんもカンスケさんもおいそれとオッケーは出せない。仮にだぜ？　チャコちゃん」

「はい」

「今、正式にメンバーに入ったとする。それはこのままなし崩しって話じゃないんだ。ちゃんと記者会見をしなきゃならないような立場にいるんだよ〈ザ・トレインズ〉は。そうだよな？」

記者会見。

頷いた。確かにそうだ。〈ザ・トレインズ〉に新メンバーが入るとなったら、当然記者会見はしなきゃならない。それぐらいの大事になっていくんだ。

「そして記者会見をすればその場には何十人と記者がやってくる。新聞各社に加えて大角テレビ以外のテレビ局もやってくる。今でこそ〈ザ・トレインズ〉は《土曜だ！　バンバンバン！》一本でやってるけど、別に大角テレビと専属契約があるわけじゃない。その気になればどこのテレビ局でだってピン立ちで番組を持てるんだ。そうだよな？」

「その通りです」

いつでも他局で番組を持てる。実際、事務所にはそういう話がいつも来ている。ただ

《土曜だ！　バンバンバン！》があまりにも化け物みたいな番組になってしまっているので、今は他の番組をやらない方がいいって判断しているだけの話だ。仮に他の番組をやってもそれは《土曜だ！　バンバンバン！》の二番煎《せん》じになってしまうからだ。

「そういう大事になってしまうんだよ。そして、その大事の真ん中にいるのがチャコちゃんって話になるんだ。想像してみろよその半端ない圧力をさ」

　思わず唇を噛《か》んでしまった。その通りだと思う。

「覚悟がないと、潰《つぶ》されるんだよ。チャコちゃんがさ。〈ザ・トレインズ〉の新メンバーって立場に。そして銀さんもカンスケさんも、チャコちゃんをそうやって潰してしまうのは忍びないって思っているのさ」

　つまり。

「僕にそれだけの強さがないと、正式なメンバーにはしない方が幸せって事ですね」

「そういう事だ。それをチャコちゃんもわかっているんじゃないか？　今の立場が立ち位置としては楽だって事をさ」

　思わず頷いてしまった。そうかもしれない。

　理香さんは、今は〈ザ・トレインズ〉のマネージャーからは外れている。いやマネージャーであることは間違いないんだけど、言ってみればジェネラルマネージャーだ。総合的な判断をする一番上にいるマネージャー。

カンスケさんと銀さんには一人ずつマネージャーがついた。たいそうさんとピーさんには二人で一人。人気者のナベちゃんにも一人ついている。だから僕のボーヤという立場も解除されて、自由に動けるようになっているんだ。

もちろん、僕にはマネージャーはついていない。他の仕事なんか入ってこないから。

僕が〈ザ・トレインズ〉について何かを相談するのは今も変わらず理香さんだ。

そして、相談するときには、二人きりで話をするときには、銀座一丁目のバー〈カルチェラタン〉に来るのがあたりまえになってしまった。

どこかの喫茶店や飲み屋で二人きりで話をするのには、僕の顔がそれなりに知られるようになってしまったからだ。ただの準メンバーとはいえ、僕は〈ザ・トレインズ〉と一緒にテレビに出ている芸能人だから。

「そうね」

ジンジャーエールを飲みながら、理香さんが頷いた。

半年ぐらい前だ。ちょっとしたトラブルがあって理香さんが正体を無くすぐらいに酔っぱらってしまった日があった。僕と二人きりで飲んでいたんだ。

そして理香さんは、あの日から二人きりで会うときにはもうお酒を飲まないって決めてしまった。大切な話を酒の力を借りてしてしまうわけにはもういかないからって。

白面《しらふ》で話をしたいからって。

「確かに、チャコちゃんを〈ザ・トレインズ〉の正式なメンバーにする際には、盛大な記者会見をしなきゃならないわね。事務所としてもそう考えるわ」

「ですよね」

僕も水割りを飲みながら頷いてしまった。酒には本当に強いんだ。ウイスキーをボトル一本空けても僕は理性を失わない。今も、年上である理香さんに常に敬語を使っている。

理香さんが、長い髪の毛をそっとかき上げた。

「お父さん、じゃなくて社長もこの間言っていたわ。チャコはどうなんだって」

「どうなんだって？」

「そろそろ正式なメンバーにするべきじゃないかって。五人組の〈ザ・トレインズ〉じゃなくて六人組の〈ザ・トレインズ〉にするのに、ちょうど良い時期じゃないかって。目先を変えるのにはね」

目先を変える。

「グループを長く続けるには、そういう事が必要な時期もあるのよ。必ずそうってわけじゃないけれどね」

「確かに、そうですね」

どんなものでも、良いグループを長く続けるためには工夫が必要なのは間違いないんだ。水は流れが止まってしまうと淀《よど》んでしまうから。

「ましてや〈ザ・トレインズ〉は元々がプロのミュージシャンの集まりよ。ミュージシャンが基本的にわがままなのはよく知ってるでしょ?」

二人で笑ってしまった。それは本当だ。タレントと呼ばれる芸能人のわがままさが週刊誌を賑《にぎ》わしたりしているけど、それはほとんどが本当に子供っぽいただの〈わがまま〉だ。よしよしって頭を撫《な》でて言う事を聞いてやれば済んでしまう。

でも、ミュージシャンたちのそれはまるで違う。自分の人生を懸けたわがままさだ。

「そこに、ミュージシャンではない、チャコちゃんが入る事でまたトレインズの輝きを増す事を社長は期待しているわ。これは、本当よ」

「ありがたいです」

「社長がお世辞を言わない事は知ってるでしょう? チャコちゃんのコメディアンとしての資質を本気で認めているの。そして、実は本当の意味でのコメディアンがいない〈ザ・トレインズ〉に本物のコメディアンが加入する事もね」

本物のコメディアン。

そうなんだ。僕は、ミュージシャンじゃない。音楽は大好きだし、楽器も一応やっているけれど、カンスケさんたちみたいに〈音楽で飯を喰《く》っていく覚悟〉をしたミュージシャンとしては活動していない。

僕は、コメディグループとしての〈ザ・トレインズ〉に憧《あこが》れたんだ。コメディアンとして生きていきたいと、この世界にやってきた男。

水割りを飲んだ。

「その答えは、自分で見つけるしかないって事ですよね」

そう言うと、理香さんは少し眼を伏せて考えてから、小さく頷いた。

「冷たい言い方になっちゃうけど、そういう事ね」

ジンジャーエールを飲んだ。

「私にはチャコちゃんを正式メンバーにする権限は確かにあるけれども、それは私の仕事じゃないわ。あなたの、仕事よ」

わかってる。いや、わかってなかったかもしれない。ただ、〈ザ・トレインズ〉と一緒にいる事だけで僕はどこか満足していたのかもしれない。この二年間。

テーブルの上に置いた煙草の箱に手を伸ばしたら、そこに、理香さんの手が伸びてきた。そっと指先を僕の右手の甲の上に置いた。

「答えを出してほしい」

理香さんが、小さな声で言って僕を見た。

「でも、焦らないで。あなたの思うままに」

小さく微笑んでくれた。

★

好事魔多しって言うからな。

それは三日前の水曜日の打ち合わせの時にカンスケさんが言ったんだ。とにかく何もかもが順調だったんだ。このところの打ち合わせも随分スムーズだった。それは、今まで積み重ねてきた経験と実績が、どんどん花を咲かせていたからだ。

前にやったあれを使えるな。

あれをもう一度アレンジできるな。

この間のあれをシリーズでやったらウケるよな。

そういうのが、どんどん出てきた。しかもそれがものすごく上手《うま》く行っていた。視聴率もずっと右肩上がりだったし、もう怖いものなんか何にもないって感じだった。

でも、カンスケさんが言ったんだ。「そういう時こそ、気を引き締めなきゃならねぇんだよ」って。それは長い間売れないミュージシャンとしてやってきたカンスケさんの経験から来るものだった。売れないミュージシャンでも良い時はある。そんな時に調子に乗って散財しているとすぐにまた空っ穴になってしまう。

貯金は、お金だけじゃない。気持ちも貯金しておかなきゃ駄目なんだって。

だから、嫌な予感がしたんだ。

土曜日の本番前のリハーサルの時間が迫ってきているのに、ナベちゃんが来ていない時に。ちょっと前なら僕がナベちゃんを迎えに行って一緒に来ていたんだけど。僕がボーヤから外れてもう三ヶ月以上経っていて皆もその環境に慣れてきていたから、最初は何とも思っていなかったんだけど。

「おい、ナベの野郎遅くねぇか？」

全体の控室にカンスケさんが入ってきて言った時に、僕も銀さんもたいそうさんもピーさんも同時に頷いた。

「遅いよな」

銀さんが煙草に火を点けながら言った。

「遅刻かな。木林《きばやし》はどうしたんだろうね」

ピーさんだ。木林くんは、ナベちゃんのマネージャーだけど、当然まだ顔を見せていない。一緒に来るはずなんだけど。

「僕、部屋まで行ってきましょうか？」

車の鍵《かぎ》を持ちながら僕が言ったら、カンスケさんが唇を尖《とが》らせた。

「今から部屋に向かったら、チャコも完全にリハに遅れちまうだろうよ。そりゃ拙《まず》いし何のためのマネージャーだよ。木林の野郎何をやってんだ」

「万が一の時のために、チャコがナベちゃんのスタンドインでリハをやった方がいいですよね」

たいそうさんがそう言って、皆が頷いた時だ。

控室のドアが勢いよく開いて、理香さんが飛び込んできた。

その額に汗が浮かんでいた。

そしてその顔を見た瞬間に全員が立ち上がったんだ。何かが起きたっていうのを察して。

「どうした！」

カンスケさんだ。理香さんは顔を顰めている。

「事故よ」

「事故ぉ?!」

全員が同じ言葉を叫んだ。

「今、警察から電話が入ったの。ナベちゃんの運転していた車が事故ったって」

「怪我は！　生きてるのか！」

カンスケさんが怒鳴るように言った。理香さんが手の平を広げて落ち着いてって仕草をした。

「無事よ。大丈夫。ナベちゃんは右足を骨折しているけれど、それ自体は命に関わるような大したことではないって」

骨折か。ピーさんが息を少し吐いた。骨折なら確かに命に別状はない。

「でもね」

「でも？」

理香さんが眉間《みけん》に皺《しわ》を寄せた。

「同乗者がいたのよ。女性だって」

女ぁ？　って銀さんが叫んだ。皆が口を開けて顔を見合わせた。

「ったくよぉ、何をやってんだあいつはよ！」

カンスケさんだ。

「木林は何をやってたんだよ」

「連絡は入っていたのよ。迎えに行ったら部屋にいなかったって。だから捜していたんだけど、おそらく昨日の夜からその女性と一緒だったんでしょうね。それで朝帰りだったんだと思う」

「その女性は？　無事なんですか？」

訊いたら、理香さんは頷いた。

「大丈夫。その女性も大怪我はなくて、打ち身と擦り傷ぐらいで済んでいるみたい。もちろん精密検査のために入院はしてもらうけど」

「どこの病院ですか」

「M大の病院よ。駆けつけた救急車の隊員さんがね、ナベちゃんにすぐに気づいて気を回してくれたみたい」

皆でホッと息を吐いた。M大の大学病院は芸能界のかかりつけみたいな病院なんだ。あそこなら管理体制がしっかりしているから、とんでもないマスコミが勝手に入り込んだりはしない。命に別状がなくてホッとしたけど、でも。また皆で顔を見合わせてしまった。

生放送なんだ。番組に穴を空けるわけにはいかない。

「マスコミは、何とかなるのか」

カンスケさんが言うと、理香さんは頷いた。

「もちろん、警察はうちにだけ連絡してきたから、まだどこにも情報は入っていないはずよ。今日これから動いても、少なくとも今日の生放送が終わるまでは抑えておけると思う。もしも予定通り番組を進めるとしたら、マスコミへの発表は生放送が始まる一時間前。午後七時ね」

午後七時。まだ時間は充分ある。カンスケさんが唇を尖らせた。

「放送前に発表してそれでまた視聴率を上げようってこったか」

「いいじゃねぇか」

銀さんだ。

「どの道叩かれるんなら、堂々とやっちまおうぜ。楽しみに会場に来るお客さんを、テレビの前にいる子供たちをがっかりさせるわけにはいかねぇよな。たとえナベがいなくてもよ、きっちり楽しませる事はできるんだってところを見せつけてやろうぜ」

「当然ですね」

たいそうさんが頷いた。

「ナベちゃんがいないからって休止したらそれこそ叩かれますよ。一人が抜けるだけで何にもできないのかって」

「今からホンの変更はできないからさぁ。ナベちゃんがいないところは皆でカバーするしかないよね」

ピーさんが言うと、皆が頷いた。

「そういうこったな。あいつのギャグの部分だけを差し替えて何とかすりゃあ、その他の部分は残った連中でどうにでもなる。チャコ」

「はい！」

カンスケさんが僕を見た。

「お前は理香ちゃんと病院に行って、後始末を手伝え。記者発表した途端に記者たちが病院に押し掛けるから、ナベとその女性を守るんだ。できるよな？」

「もちろんです！」

「そしてナベの野郎にきっちり事情を聞いて、これからどうするかってのを理香ちゃんと二人で話し合っておけ。それからな」

カンスケさんが、真剣な顔をして、僕を見た。

「説教しておけ。お前の出番はしばらく俺が持っていくからねぇぞってな」

「俺、って」

当然、ってカンスケさんが頷いた。

「チャコ、お前がナベの代わりをするんだよ。来週からしばらくはな」

★

ナベちゃんは、元気だった。

本当に足の骨折だけで、それも奇麗に折れたものだから治った時に今までよりも丈夫になるんじゃないですか、なんてお医者さんが冗談を言うぐらいのものだったんだ。病院のベッドの上で、ナベちゃんは今までにないぐらい神妙にしていた。

「本当に、申し訳ない」

並んでベッドの脇に立っていた鹿島社長と僕に事情を話してから、ナベちゃんは何度もそう言った。

「まぁ、起こっちまったものはしょうがない」

社長がそう言った。

「とにかく、後のことは皆に任せて、治療に専念するんだな。もちろんペナルティはあるぞナベちゃん」

「はい、わかってます」

そこに、理香さんが戻ってきた。理香さんは別の病室にいる、同乗していた女性の様子を確認してきたんだ。

「どうだった」

社長が訊くと、理香さんは小さく頷いた。

「大丈夫。本当に運が良かったみたいでどこも何ともないの。一応、今夜は病院で寝てもらうけど明日には帰っていいって」

そうか、って社長は頷いて、ナベちゃんもホッとしたように息を吐いた。

「それで、どうだ。どうにかなりそうか」

「大丈夫。いい人よ。自分から申し訳ないって謝ってきたし、後々問題にする事もないからって言ってきた」

「そうか」

「一人暮らしだし、特に連絡しなきゃならないところもないからって。今夜は麻央《まお》ちゃんについていてもらう」

「それがいいな」

社長が言った。麻央ちゃんは事務所の女の子だ。しっかりしているから大丈夫だと思う。

「明日、その子が帰る時には俺も一緒に行こう。家まで送っていって改めてお詫《わ》びしよう。何か、適当なものを用意しておいてくれよ」

「わかりました」

仕事をしている時には、父と娘じゃなくて社長と社員だ。

「それでいいんだなナベちゃん。後腐れのない、ただのデートの相手なんだよな？」

社長が確認するように訊くと、ナベちゃんは頷いた。

「その通りです」

どうやらそうだったらしい。付き合ってるとかそういう事もないし、どこの事務所にも所属していない一般の女の人。ナベちゃんが、僕を見た。

「チャコ、悪いな。たぶん、復活するまでお前にいろいろ迷惑掛けるけど」

「大丈夫です」

頑張りますって答えた。


ナベちゃんの足の骨折が治ってステージに立てるようになるまでには、大体二ヶ月ぐらい掛かる。

その間《土曜だ！　バンバンバン！》はナベちゃん抜きで、やらなきゃならない。

ナベちゃんは、〈ザ・トレインズ〉一番の人気者だ。

はっきり言ってナベちゃんがいないとメインコントの半分ぐらいはウケない、と思ってしまうぐらいに人気者だ。ウケないと言うか、ナベちゃんの大人気のギャグがないとその他で何とかオチをつけなきゃいけない。そのオチがウケるかどうかまったくわからないって状態になってしまうんだ。

そのナベちゃんがいない。

「まず、正直にステージで言ってしまいましょう。もちろん記者会見でもそうなんですけど」

　そう言ったのは、病院から帰ってきて皆に報告した僕だ。社長からもそう言われてきたんだ。

「正直にって、女連れで事故ったってか」

　銀さんが顰め面をした。

「ですよ」

「でも、イメージ悪いよねぇ」

　たいそうさんが言う。

「イメージ悪いからこそ、正直に言うんですよ。誤魔化したりぼやかしたりしたら、後でそれがどこかから漏れた時にとんでもない事になります。だから皆で謝るんです。謝って、ナベちゃんのいない分全員で頑張るのでよろしくお願いしますって頭を下げるんです」

　カンスケさんが頷いた。

「その通りだな。そうしなきゃならない。俺たちは、ひとつのグループだ」

　その日は、ナベちゃん以外の四人のメンバーでそうした。始まってすぐに実はナベちゃんが事故を起こしてしまって今夜は出られないって。そしてコントでナベちゃんがお馴染みのギャグをやる予定だったところは全部省いて、その他の皆が頑張った。

　マスコミへの正式な会見は、その日の放送が終わった後のステージでそのまま、カンスケさんと理香さんのお父さんである鹿島社長が並んで行った。もちろん、ナベちゃんと一緒にいた女性は一般の人だったので名前とかは伏せて。

とんでもない事をしでかしてしまったナベちゃんは完全に治るまで治療に専念して、それは同時に謹慎という事になる。

そして、カンスケさんが言ったんだ。

「来週からのステージには、ナベの代わりにうちのサブメンバーであるチャコが立ちます。当日の舞台上でまた御挨拶《ごあいさつ》させていただきます」

僕はそれを、ステージの脇で聞いていた。

放送の次の日はいつも休みだったんだけど、全員がスタジオに集まっていた。ナベちゃんのいないコントを、どうやって成立させていくか。それを決めないと来週のコントの具体的な打ち合わせだってできない。

ナベちゃんの入院している病院にはもうマスコミがたくさん張り付いているので、メンバーの皆は顔を出す事もできなかった。ナベちゃんが病院で電話を貸してもらって、スタジオに掛けてきたんだ。

本当にごめんなさいって涙声で皆に謝っていた。

「まぁ本当によ、その子の怪我が大したことなくて良かったぜ」

皆で電話でナベちゃんと話した後に、銀さんが言った。

「女の子なんだからよ。どっかに傷が残るなんて事になったら、ナベの野郎も一生面倒見なきゃならなかったぜ」

「そうですよね」

本当にそうだ。もちろん、ナベちゃんにその気があったならそうなっても良かったんだろうけど、全然その気はなかったらしい。単なる遊び相手。それは昨日マスコミが来る前に僕と理香さんが病院で確認しておいた。この後もちょっと揉《も》めるかもしれないけれど、それは僕たちが心配しても何もできない。理香さんと社長に任せて、僕たちはステージの事を考えなきゃならない。

どうやって、ナベちゃんのいないコントを回していくかが問題だった。

「俺はよ」

銀さんが煙草を吹かしながら言った。

「いい機会だって言っちゃあなんだけどよ。チャコを一本立ちさせて完全にナベのポジションを与えるべきだと思うぜ」

カンスケさんが唇をひん曲げながらも、小さく頷いた。

「出すなら、もちろんそうだ」

「ですね」

たいそうさんだ。ピーさんも頷いた。

「もちろん僕も、ピーさんも銀さんもそれぞれのポジションで一生懸命やりますけど、ナベちゃんの立ち位置を埋めるチャコに、そこでピンでやってもらわない事には、僕らもその周りを回れないですからね」

たいそうさんが言うと、ピーさんも僕を見て微笑んで頷いた。

「そういう事だね」

〈ザ・トレインズ〉のコントは、シナリオ通りに進んでいく。アドリブはほとんどないって言っていい。せいぜい何かトラブルがあった時にその場の機転でどうにか進行させるぐらいだ。

基本的にコントの進行役はカンスケさんだけど、常にカンスケさんと一緒に動いてコントを動かすのはナベちゃんだった。銀さんとたいそうさんとピーさんは、ナベちゃんの後に続いたり周りで動いたりする役目。

だから、僕がナベちゃんの代わりに入るって事は、実質僕がコントの屋台骨を支えるって事になる。

とんでもない事なんだ。ナベちゃんみたいに絶対にウケる持ちネタがあるわけじゃない僕が中心。

「三週だ」

カンスケさんが指を三本立てて言った。

「三週は、ナベの持ちネタをチャコが代わりにやる事で持ちこたえられると思う。お客さんも事情を全部わかってるから、応援してくれる」

「そうだな」

銀さんも頷いた。

「ナベのギャグをお前が一生懸命やりゃあ、それで納得してくれるさ」

それは、確かにって全員が頷いた。会場のお客さんの様子が眼に浮かぶようだ。

「チャコが自分の味付けでナベちゃんのギャグをやれば、たぶん良い感じになりますよ」

たいそうさんが言う。

「それで僕らも動きやすいしね」

ピーさんだ。

「だから、その三週の間にチャコのネタを考えなきゃならねぇ。そこからナベが戻ってくるまでにまだ一ヶ月以上はある。その間ずっとチャコがナベの持ちネタをやるのは無理だ」

「そうですね」

絶対にそうなる。お客さんのお情けにすがるのはそこまでだ。

「もちろん、新しいコントも考える。チャコを生かすためのコントだ。それと並行しながら、お前がナベのネタやギャグを超えるような、自分の持ちネタやギャグを考えなきゃならない」

身体が震えた。武者震いって言いたいけど、違う。

怖くて震えたんだ。ナベちゃんのギャグを超えるようなギャグなんて、この一年間ぐらい、第一線で活躍している漫才師やコメディアンが束になっても誰も思いついていない。今、日本中の子供たちがナベちゃんのギャグを真似しているって言ってもいい。それぐらい、ナベちゃんのギャグは流行っている。そしてそれに匹敵するものを、僕は考えなきゃならない。

「まぁよ」

銀さんがニヤッと笑った。

「あんまりチャコを脅かしてもなんだ。ナベ抜きでできる、今までやっていない新しいパターンのコントを考えればいいんじゃねぇか？　それで一ヶ月は何とかできるさ」

そして、次の週には僕も舞台に立った。

オープニングで、今まで通りの端っこじゃない。舞台の中央で、カンスケさんと銀さんに挟まれて。いつものナベちゃんの位置に立ったんだ。

「今週からチャコがナベの代わりに入ってやります。どうぞよろしくお願いします」

カンスケさんがそう言うと、会場から拍手が起こった。僕は笑顔を作る事しかできなくて、本当に緊張でひっくり返りそうだった。でも、コントに入ると身体は動いたんだ。今まで通りに、皆の顔を見ながら、そしてお客さんの反応を確かめながらきっちりコントをやる事はできた。

ナベちゃんのギャグをやると、会場の皆が笑って拍手をしてくれた。僕の名前を大声で呼んでくれる子供たちもたくさんいた。涙が出るぐらいに嬉《うれ》しかった。でもそれは皆がナベちゃんの帰りを待っているって事なんだって改めて思った。

そして、ウケるんじゃないかってやった自分のギャグはことごとくウケなかった。


「でも、良かったぜ」

楽屋で銀さんが言うと、たいそうさんもピーさんもそうそう、って頷いた。

「ちゃんとナベちゃんのギャグが、チャコのギャグになっていたよ」

「そこはチャコのセンスだよねぇ。僕にはできないよ」

「いや」

嬉しいけど。本当にそうなんだろうか。

「でも、自分のネタは全然ウケなかったですね」

「それはしょうがねぇよ」

銀さんだ。

「今まで俺たちが何十本も出したギャグだってウケないで消えていってるんだぞ。そんなにすぐにお前のギャグがどっかんどっかんウケたら俺たちの立つ瀬がねぇぞ」

それでも、って銀さんが続けた。

「仮に、俺がよ、お前の代わりにナベのギャグを今日やったとしても、あんなにウケなかったぜ。たいそうだってピーだってそうだ。お前がやったから、ギャグにお前のセンスの味付けがあったから、あれだけお客さんも大喜びで反応してくれたんだぜ。そこは、自信を持て」

そう言って笑って僕の肩を叩いてくれた。

「お前は最初っから、コメディアンだ。それは間違いねぇよ」

★

ナベちゃんは二ヶ月経って、治って復帰してきた。

特に大きな記者会見をする事もなくて、何事もなかったかのように舞台の、いつもの位置に立ったんだ。もちろん、最初っから客席は大騒ぎだった。あのナベちゃんが帰ってきたって事で、本当にお客さんは喜んでいたんだ。

そして、僕もナベちゃんの横に立っていた。

ナベちゃんが帰ってきたからってそのままた端っこに戻るんじゃなくて、横に並んだんだ。それは、ずっと病院でテレビを見ていたナベちゃんが望んだ事で、もちろんカンスケさんも銀さんも、たいそうさんもピーさんもそれでいいって、言ってくれた。

この二ヶ月間、必死でナベちゃんの代わりをやってきたんだ。

大してウケるギャグは出せなかったけど、新しく僕が考えた猫の着ぐるみや、白鳥の着ぐるみでちょこちょこウケるようになっていった。メインコントも、それまでになかった〈着ぐるみシリーズ〉っていうコントを定番にする事ができたんだ。

それで僕もナベちゃんのギャグを代わりにやる機会を少なくする事ができた。客席からも、僕が出て行くと『チャコちゃーん！』って声が随分掛かるようになっていった。他の人と同じぐらいの大きな声で。

同じ〈ザ・トレインズ〉のメンバーとして皆が認識してくれたんだって思えて、すごく嬉しかった。ナベちゃんが帰ってくるのに合わせて記者会見をしようかって話も出たんだけど、まずは、ナベちゃんを加えて六人になったメンバーでやって、きっちり合わせてからにしようぜって事になった。

それで、六人で並んだんだ。

「違和感は、全然なかったよ」

ナベちゃんが復帰するので社長も観に来てくれたんだけど、そう言ってくれた。お客さんの反応も良かった。

僕とナベちゃんが絡むところなんか、いちばん拍手が大きかったような気がする。

話があるって、銀さんがカンスケさんに言ってきたのはその日の舞台が終わって、皆が帰り支度をしていた時だった。

そして僕にも声を掛けてきた。

「カンスケと三人で話そうぜ」

それが、銀座一丁目にある内緒話をするのには最高のバー〈カルチェラタン〉のいちばん奥の個室を取ってあるって聞かされて、僕とカンスケさんは顔を見合わせたんだ。

「なんだよ。どうしたんだよ」

「銀さん」

まぁまぁ、って銀さんは笑った。

「とりあえず、行こうぜ」

タクシーの中でも銀さんは何も言わなかった。黙って外を眺めていた。僕もカンスケさんも何も訊けないで、黙って乗っていたんだ。そして〈カルチェラタン〉に着いて、個室に落ち着いたら、銀さんは言ったんだ。カンスケさんと真正面から向き合って。

「引退させてもらいたい」

本当に、本当にびっくりして、僕は言葉も出なかった。カンスケさんもそうだ。口をあんぐりと開けて、しばらくじっと銀さんの顔を見ていた。それから、急に息ができたように動いた。

「引退って、なんだよ！」

カンスケさんがぶるん！　って腕を振った。おもいっきり眼を大きくさせた。こんなにびっくりした顔をするカンスケさんを僕は初めて見た。

「まさか、銀さん。どこか身体が」

銀さんは前にも肝臓が悪いって医者に言われていた。だから、とんでもない病気になってしまったのかと思ったけれど、銀さんはひらひらと手を振った。

「違う違う。病気で死ぬとかそんなんじゃねぇよ」

そう言って苦笑いして、大きく息を吐いた。カンスケさんを見た。カンスケさんは水割りをぐいっ、とまるでただの水みたいに飲んだ。

「カンスケよ」

「おう」

「俺はよ、もう充分だなって思っちまったんだよ」

「充分？」

充分って。

「もう音楽なんか止めちまおうって思った時にカンスケに再会した。そうだよな」

「おう」

そうだな、ってカンスケさんが頷いた。

それは僕も聞いた。幼馴染みだったけど、引っ越しやら何やらでしばらくの間まるで会う事もなかった二人。

「それで、嬉しくなっちまって、一緒にと思ってもうちょいやってみたら今度はテレビに引っ張られちまった。それで、ただカンスケと一緒に楽しくやっていたら、そのまま有名人になっちまった。一人で街も歩けねぇぐらいにさ。この俺がだぜ？　何のとりえもねぇ俺がとんでもねぇ有名人だ」

そうだと思う。僕は全然まだ大丈夫だけど、銀さんの顔を知らない人なんかこの日本にいないぐらいに。

「俺はさ、カンスケ」

「おう」

「楽しかったんだよ。カンスケとステージに立ってさ。お前のベースに乗っかってピアノ弾いてさ。そうやって毎日演奏できて、そのうちに小金を貯めてスナックでも買ってそこの親父で暮らしていけりゃいいなぁって思っていたんだ。それが、どうだ」

「スナックだったら今はその顔だけで十軒は買えるだろうよ」

カンスケさんが苦笑いして言った。

「だよな。出すのが顔だけでいいんならでかいキャバレーだって買えるぜ」

そうだと思う。

銀さんは、微笑んで、でも小さく溜息《ためいき》をついた。

「充分だなって、思った。そもそも俺はこんなところに立てるような才能なんかねぇ。それが、カンスケやらナベやら皆に引っ張られてよ、ここまで来ちまった。もういいなって、ふっと思っちまった。そしてよ、充分なんて思っちまったら、ミュージシャンとしては終わりだろ。そう思わねぇか？　カンスケよ」

銀さんは、カンスケさんを見た。

カンスケさんは、唇を尖らせた。そして、しばらくしてから頷いた。

「その通りだな」

それは、わかる。

満足するなんてありえないんだ。僕はミュージシャンじゃないけど、同じ舞台に立つ人間としてそこだけは共感できる。本当の舞台人は、いくら真剣にやったって、どこまで行っても満足なんかできないんだ。できるはずもないんだ。

「そもそも、俺たちゃもうミュージシャンなんて言えねぇだろう。〈ザ・トレインズ〉ってバンドはもう消えちまったんだ。今ここにいるのは、コメディグループの〈ザ・トレインズ〉だ。そうだろ？」

「そうだな」

カンスケさんが、少し下を向いてから言った。

「それが悪いってんじゃねぇ」

銀さんが言う。

それから、大きく、頷いた。

「〈ザ・トレインズ〉は、音楽もできる最高のコメディグループだ。日本でエンターテイナーって呼べるのは、俺たちぐらいしかいねぇんじゃないかって思ってる。俺ぁどこへ行ってもそう胸張って言える。だからな」

だからな、って繰り返した。

「ミュージシャンとして生きたかった俺を、もう眠らせるのさ。そして、ミュージシャンとしてじゃなく、コメディアンとして生きる事は、俺にはもうできねぇんだ。満足しちまったんだからよ」

銀さんは、僕を見た。笑って、僕を見た。

「チャコ、面白かったよな。今日の舞台で、ステージで、見事にナベと一緒に真ん中に立っていたじゃねぇか。自分だけの力でよ。そう思うだろカンスケ」

「思うぜ」

カンスケさんが、大きく頷いて言った。

「俺は、自分を褒めてやりたいさ。最初に会った時に、弟子にしてくれって言ってきた時に『こいつは何か持ってる』って思った自分をさ」

「その通りだ。お前さんがいたから、俺はここまでこられた。そしてチャコを世に送り出す事もできた。お前は大したリーダーで、そして立派な舞台人だ」

銀さんの眼が潤んでいるような気がした。

「チャコは、コメディアンだ。俺なんかよりも百倍も千倍もすげぇコメディアンになっていく人間だ。チャコが〈ザ・トレインズ〉でやってくれりゃあ、もう俺なんかいらねぇんだよ」

実はな、って僕を見た。

「ナベが怪我した時に決めていたんだよ。これでチャコが〈ザ・トレインズ〉の一員として立てるなって。だから、ナベが帰ってきた時に俺は引退しようって。ちょうどいいじゃねぇか。一人増えて、一人抜ける。数は元の五人のままだ」

「別に五人って決めてるわけじゃないだろ」

カンスケさんは、少し唇を尖らせて言ったけど、ほとんど力のない、冗句を言っているような声だった。

「だけど〈ザ・トレインズ〉は五人で始まったんだよ。ずっと五人のままの方が恰好良《かっこう》いぜ。年寄りは二人もいらねぇ。お前一人で充分だろ」

「こきゃあがれ。俺一人に押し付ける気かよ」

「だから待ってたんじゃねぇか。お前一人に押し付けないで済むようによ。今夜のチャコとナベの絡みを見たろう？　最高に面白かったじゃねぇか。お前なんか舞台の脇どころか楽屋で休んでいても良かったぐらいにさ」

カンスケさんの身体が、ふぅ、と沈み込んだ。大きく首を振った。

「本気なんだな」

「本気だ」

「銀さん」

呼んだら、銀さんは何も言うなって感じで手の平を僕に向けた。

涙が出てきた。銀さんは、ずっと僕を助けてくれた。厳しくしなきゃいけないリーダーという立場のカンスケさんの横で、笑って、煙草を吹かして、酒を飲んで、ステテコ姿で、新米の僕を見ていてくれた。

その銀さんが、〈ザ・トレインズ〉からいなくなる。

「何を泣いてんだよ。もういっぱしの大人の男がよ」

「はい、すみません」

泣いたってしょうがない。

でも、涙が出てくる。

「カンスケ」

「おう」

「我儘《わがまま》を、許しちゃくれねぇか」

カンスケさんは、眼を閉じた。そして腕を組んで動かないでじっと何かを考えていた。

しばらくして、そっと眼を開けて、銀さんを見た。

「銀の字。俺ぁ、後を追わねぇぞ」

カンスケさんが、眼を細めて銀さんを見つめて言った。

「お前がステージを降りても、俺は立ち続けるぞ」

「そうか」

「コメディグループの〈ザ・トレインズ〉のリーダーとして、人気者で居続けるぞ。そしてお前はそれを、ブラウン管の中で立ち続ける俺を見続けるんだぞ。淋しく思ったたって、もう一度スポットライトを浴びたいって思ったたって、チャコの代わりにもう一度そこに立つ事なんてできねぇぞ。何たってその頃にはチャコは〈ザ・トレインズ〉でもナベと一、二を争う人気者になっているだろうからな」

「そう思うぜ」

「本当にそれでいいんだな？」

「おう」

銀さんが、笑った。

「楽しませてくれよ。楽しむよ」

心の底からって。

★

すぐに、銀さんの引退会見が行われた。

それと同時に、僕の加入会見も。

でも、もうすぐにでも引退したかった銀さんを説き伏せて、二ヶ月先にしたのは理香さんだった。六人の〈ザ・トレインズ〉をできるだけ長く観たいって。それも、銀さんをメインにしたコントをその間観たいって。銀さんは馬鹿野郎そんなの二ヶ月も続けられるかよって迷惑そうに言ったけど、でも、全員で考えた。

銀さんをメインにしたコントを二ヶ月間。

引退の花道だって。

花道なのに肝心の俺を疲れさせるとはどういう事だって、また銀さんは文句を言ったけど。

契約書を作り直すからって、理香さんと二人で会ったのは、本当に銀さんが引退する舞台の、前の日だった。リハーサルを終えて、タクシーで二人で〈カルチェラタン〉に行った。そこで契約書を確かめて、サインをしてハンコを捺《お》して。

「いよいよね」

「はい」

理香さんが契約書をそっと鞄《かばん》にしまい込みながらそう言って、微笑んだ。

いよいよ、正式なメンバーとしての日々が始まる。ボーヤでもない、弟子でもない。

〈ザ・トレインズ〉のメンバーとしての葛西チャコ。

「私は」

理香さんが、小さく息を吐いてから言った。

「これからも、マネージャーとして傍にいるからね」

「もちろんですよ」

いてくれなきゃ困る。そう言ったら、理香さんは微笑んだ。

理香さんの言いたい事はわかっているつもりだ。これから僕は、〈ザ・トレインズ〉

のチャコは、どんどん人気者になっていかないと駄目なんだ。
それからの事は、また考えればいい。

作中の出来事、登場人物、名称などで事実を彷彿《ほうふつ》とさせる部分が多々ありますが、
基本的に全てが作者の創作であり、フィクションです。

また執筆にあたり、ウィリアム・ジンサー
『イージー・トゥ・リメンバー アメリカン・ポピュラー・ソングの黄金時代』（国書刊行会）、
山田《やまだ》満郎《みつろう》 取材・構成 加藤義彦《かとうよしひこ》『8時だョ！全員集合の作り方 笑いを生み出すテレビ美術』（双葉社）、
野地《のじ》秩嘉《つねよし》『渡辺晋《わたなべしん》物語 昭和のスター王国を築いた男』（マガジンハウス）、
居作昌果《いづくりよしみ》『8時だョ！全員集合伝説』（双葉社）、いかりや長介《ちょうすけ》『だめだこりゃ』（新潮社）、
その他インターネット上の様々な昭和芸能史に関する記述を参考資料とさせていただきました。
多くの方々の文業に厚く御礼申し上げます。

またモデルとさせていただいた素晴らしきエンターテイナーの皆さんと、
共に時代を創り上げた業界人の方々に敬意を表し、心からの感謝を捧げます。
私のイマジネーションを育ててくれたのは間違いなく
テレビの向こうのエンターテイナーの皆さんでした。

――著者

本書は、二〇一八年十二月に小社より刊行された単行本『テレビ探偵』を改題、加筆修正のうえ、文庫化したものです。

テレビじゃん！

小路幸也《しょうじゆきや》

令和4年 2月25日　初版発行

発行者●堀内大示

発行●株式会社KADOKAWA
〒102-8177　東京都千代田区富士見2-13-3
電話　0570-002-301（ナビダイヤル）

角川文庫 23044

印刷所●株式会社暁印刷
製本所●本間製本株式会社

表紙画●和田三造


ISBN 978-4-04-112171-9　C0193

◇◇◇